Chère lectrice,

Ce mois-ci, c'est en Inde que vous emmène votre collection Azur. Laissez-vous entraîner dans ce monde fait de somptueux palais de pierre ocre, où tout n'est qu'étoffes chatoyantes, épices et parfums précieux. C'est dans ce décor propice au rêve qu'a grandi Tina, l'inoubliable héroïne du roman de Susanna Carr, *Une épouse rebelle* (Azur n° 3561). Dans ce décor aussi qu'elle a rencontré l'amour en la personne de Dev. Tout la séparait de ce richissime séducteur et, pourtant, ils sont aujourd'hui mariés. Mais, très vite, Tina va être obligée de se demander si l'amour est bien la raison de leur mariage...

Et si vous ne jurez déjà plus que par les beaux frères De Campo, plongez-vous dans *Un si séduisant défi* (Azur n° 3562). Dans ce deuxième tome de la trilogie « Trois héritiers à aimer », c'est au tour de Gabe De Campo d'être confronté aux sortilèges du désir et de la passion.

Je vous souhaite un excellent mois de lecture !

La responsable de collection

A la merci d'un homme d'affaires

LYNN RAYE HARRIS

A la merci d'un homme d'affaires

collection Azur

HARLEQUIN

Collection : Azur

Cet ouvrage a été publié en langue anglaise
sous le titre :
THE CHANGE IN DI NAVARRA'S PLAN

Traduction française de
ANNE DAUTUN

HARLEQUIN®
est une marque déposée par le Groupe Harlequin

Azur® est une marque déposée par Harlequin

HARLEQUIN
83-85, boulevard Vincent-Auriol, 75646 PARIS CEDEX 13
Service Lectrices — Tél. : 01 45 82 47 47

www.harlequin.fr

ISBN 978-2-2803-2702-2 — ISSN 0993-4448

1.

— Levez-vous.

Assise depuis quelques minutes à la réception, Holly Craig eut un coup au cœur en voyant surgir un homme au physique impressionnant. Comme il était beau, avec ses cheveux bruns, ses yeux d'un gris intense, sa mâchoire bien dessinée qui semblait sculptée au burin ! L'élégance de son nez mince et racé, de ses hautes pommettes, rendait sûrement jaloux les mannequins et les stars de cinéma.

— Allons, mademoiselle... Je n'ai pas la journée devant moi, dit-il d'une voix sophistiquée, à la musicalité singulière.

« Il est italien », estima-t-elle. Son accent à peine marqué, raffiné et fluide, avait la distinction aristocratique d'un grand vin ou d'un parfum de luxe.

Elle ramena contre elle sa mallette — de seconde main, même pas en cuir — en se déplaçant légèrement sur le canapé.

— Rien ne vous donne le droit d..., commença-t-elle.

— C'est moi que vous êtes venue voir, non ? demanda-t-il avec un claquement de doigts impatienté.

— Vous êtes M. Di Navarra ?

— Absolument, confirma-t-il avec une hauteur irritée.

Holly se leva d'un mouvement brusque, le pouls soudain plus rapide, les joues empourprées sous l'effet de l'embarras. Pourquoi avait-elle posé cette question stupide ? Comme si elle ignorait qu'elle avait devant elle Drago Di Navarra, le dirigeant très médiatique de Navarra Cosmetics, dont elle avait vu si souvent la photo ! D'ailleurs, tout le monde savait qui était Drago Di Navarra.

Dire qu'elle partait du mauvais pied alors que ce rendez-vous était si important… Il lui sembla entendre la voix de sa grand-mère : *Du calme, ma belle. Tu peux y arriver.*

Holly tendit la main à son interlocuteur :

— Monsieur Di Navarra, je suis Holly…

D'un geste, il lui coupa la parole.

— Peu importe.

Plissant les paupières, il l'examina. Holly avait mis son tailleur. Elle l'avait depuis cinq ans, aussi était-il passé de mode, mais il était noir et convenable. De toute façon elle n'en possédait pas d'autre. Déroutée par cette curieuse entrée en matière, elle releva le menton avec fierté, mais se retint de dire à cet homme ce qu'elle pensait de ses manières. Elle n'allait quand même pas gâcher ses chances dès le premier contact !

— Tournez-vous, lui ordonna-t-il.

Elle s'empourpra de plus belle, mais fit ce qu'il demandait. Elle pivota, et se retrouva de nouveau face à lui.

— Oui. Je crois que celle-ci fera l'affaire, lança-t-il à son assistante, qui se tenait en retrait. Prévenez-les que nous arrivons.

— Bien, monsieur, dit l'assistante, en repartant vers le bureau dont elle était sortie avec lui un instant plus tôt.

— Allons-y, dit Drago Di Navarra.

Holly le regarda s'éloigner, éberluée, incapable de réagir. Il sentit sans doute qu'elle ne lui avait pas emboîté le pas, car il marqua un arrêt et se retourna. Il avait l'air plus impatienté que furieux — même si elle le devinait près de se mettre en colère.

— Allez-vous venir, oui ou non ? lança-t-il.

Elle devait prendre une décision. Elle pouvait refuser, dire à cet homme cavalier qu'elle était ici pour un entretien, et non pour subir son impolitesse, être scrutée, toisée, et recevoir des ordres.

Elle pouvait aussi accepter de l'accompagner, essayer

de déterminer la raison de son étrange comportement envers elle, et surtout saisir sa chance de lui présenter son projet. La mallette, entre ses mains, exhalait l'odeur des échantillons de parfum qu'elle y avait rangés. Cela lui rappela son foyer, sa grand-mère, leur rêve commun de faire connaître au-delà du petit cercle de New Hope les compositions qu'elles élaboraient.

Elle avait franchi une si longue distance pour voir Drago Di Navarra ! Dans ce but, elle avait dépensé toutes ses économies, et il lui restait juste assez d'argent pour se loger et payer son billet de retour. Si elle ratait cette opportunité, elle perdrait bien plus que de l'argent. Son propre rêve s'effondrerait, mais aussi celui qu'avait nourri sa grand-mère. Elle n'aurait plus qu'à rentrer pour repartir de zéro.

Car sa grand-mère était morte, et elle-même serait bientôt privée de foyer. Elle n'avait plus les moyens de garder la maison. Sauf… si elle réussissait à convaincre Drago Di Navarra qu'elle lui apportait quelque chose de prometteur qui valait la peine d'investir de l'argent. Pour avoir droit à une telle opportunité, Holly était prête à tout. Aussi répondit-elle d'une voix ferme :

— Je vous suis.

Drago sentait que la jeune femme le fixait. Il avait l'habitude que les femmes le dévorent des yeux, et cela ne le dérangeait nullement. C'était même un atout, dans un domaine comme le sien. Quand on promettait aux gens de leur apporter la beauté, mieux valait en être doté soi-même d'un minimum !

Et si sa splendeur virile devait tout à la génétique, qu'y pouvait-il ? Il utilisait néanmoins les produits Di Navarra — savon, eau de toilette, crèmes, shampooing — et déclarait à qui voulait l'entendre qu'il était la preuve vivante de leur efficacité.

Assis à l'arrière de sa limousine avec divers documents de travail, il examina non sans satisfaction les commentaires du panel de consommateurs sur la nouvelle ligne que Navarra Cosmetics sortirait à l'automne.

En revanche, il n'était pas du tout satisfait de l'agence qui lui avait envoyé cette fille — la quatrième qu'il avait reçue ce matin. Ils avaient quand même fini par comprendre ce qu'il cherchait. Pas trop tôt ! Il leur avait fallu s'y reprendre à quatre fois pour lui proposer enfin le subtil mélange d'innocence et de sensualité qu'il recherchait pour sa campagne publicitaire. Rien à voir avec le physique de la majorité des top models actuels : elles avaient dans le regard quelque chose de rusé, de dur, qui laissait entrevoir que leur innocence n'était qu'un simulacre, et qu'elles l'avaient perdue depuis longtemps.

Alors que cette jeune femme…

Il leva les yeux et rencontra hardiment son regard. Elle se détourna en rougissant. Face à tant de vulnérabilité, il éprouva une excitation aiguë, viscérale, qui l'étonna lui-même. Il y avait longtemps qu'il n'avait pas ressenti quelque chose d'aussi fort ! Certes, il s'était octroyé du bon temps, il avait couché avec une multitude de femmes. Mais, pour lui, le sexe était presque devenu un passe-temps, une activité de collectionneur. Il fut donc frappé par l'intensité de la réaction que lui inspirait cette inconnue…

De nouveau, il la regarda, et savoura ce qu'il voyait. Elle portait un modeste petit tailleur — qui, au demeurant, lui allait fort bien — et des escarpins en daim rose. Flambant neufs, de toute évidence : elle avait ramené ses jambes sur le côté, un pied chevauchant l'autre, et la semelle visible arborait encore une étiquette de prix. Il inclina la tête pour la déchiffrer : 49 dollars et 99 cents.

Sûrement pas un modèle signé Jimmy Cho ou Manolo Blahnik ! Il n'attendait pas qu'elle porte des chaussures de plusieurs centaines de dollars, ni des toilettes de grands couturiers. Mais il aurait cru qu'elle se serait vêtue avec plus de… recherche.

Il avait là une réaction étrange, non ? Il ne voulait justement pas d'une égérie apprêtée ! Cependant, vu qu'elle était sous contrat avec une agence de mannequins new-yorkaise réputée, elle aurait dû faire preuve d'un peu plus de professionnalisme. Mais qui sait ? Peut-être arrivait-elle de sa campagne, et la lui avait-on envoyée en désespoir de cause…

— Combien de séances avez-vous à votre actif ? lui demanda-t-il.

Elle le dévisagea, puis cilla. Elle avait des yeux très bleus, des cheveux blond vénitien d'une nuance rare, incroyable, une peau claire saupoudrée de jolies taches de rousseur. Il demanderait au photographe de ne pas les effacer lors des retouches. Cela accentuerait l'impression de fraîcheur qu'elle dégageait.

— De séances ? demanda-t-elle.

Réprimant un mouvement d'impatience, il précisa :

— Des séances de pose, *cara*.

— Oh ! Euh…, balbutia-t-elle.

— Ne craignez pas d'être éliminée parce que c'est votre première fois, affirma-t-il. Du moment que l'objectif vous apprécie, il m'est égal que vous débarquiez de votre cambrousse.

Elle rougit de nouveau et lui décocha, cette fois, un regard indigné, en relevant le menton. Il fut intrigué par les émotions qui se succédaient sur son visage. On eut dit qu'elle luttait avec elle-même.

— Rien ne vous force à être grossier, rétorqua-t-elle enfin. Nul n'est dispensé d'avoir de bonnes manières.

Drago faillit éclater de rire. Il avait un peu l'impression d'avoir affaire à une chatte qui se hérisse puis donne un petit coup de patte. Amusé, soudain délesté d'une partie de sa tension, il répliqua :

— En ce cas, pardonnez-moi mon impolitesse.

Elle croisa les bras, s'efforçant de prendre un air sévère.

— Soit. Merci.

— C'est votre premier voyage à New York ? demanda-t-il en posant près de lui ses documents de travail.

— Oui.

Comme elle passait la langue sur ses lèvres avec nervosité, la partie la plus virile de son anatomie réagit de plus belle.

— Et d'où venez-vous ?

— De Louisiane.

Il comprit qu'il devait la mettre à l'aise, s'il voulait obtenir ce qu'il souhaitait lors des prises de vue.

— Tout ira très bien, assura-t-il. Soyez naturelle devant l'objectif. N'essayez pas de paraître sophistiquée.

Elle détourna les yeux et tritura l'ourlet de sa veste.

— Monsieur Di Navarra, je…

— Drago, corrigea-t-il.

De nouveau, ses yeux bleus se posèrent sur lui avec inquiétude. Et soudain, il eut envie de l'embrasser, d'effacer cet air anxieux, de faire surgir sur son visage une expression très différente…

Il se ressaisit aussitôt. Que diable lui arrivait-il ? Certes, il sortait parfois avec les modèles. Mais celle-ci ne correspondait pas du tout à son genre.

Il les aimait grandes et élégantes, dotées d'une sensualité brûlante. Sans rien de commun avec ces naïves idéalistes à la poursuite d'un rêve obsédant, auquel elles refusaient de renoncer même s'il les menait à leur perte. Les jeunes femmes étaient si influençables, une fois qu'elles étaient tombées en de mauvaises mains ! L'instinct protecteur de Drago s'éveilla, et il eut envie de renvoyer en Louisiane cette débutante avant qu'elle ne fasse ses premiers pas devant un objectif.

Il aurait été préférable, en effet, qu'elle retourne tout droit chez elle, au lieu de courir après de vains rêves de fortune et de gloire. Elle serait fatalement déçue par l'univers new-yorkais de la mode…

Il n'eut pas le loisir de placer un mot. La voiture venait de s'arrêter, et le chargé de production ouvrait déjà la portière :

— Ah, monsieur Di Navarra, la fille n'est pas là et…

— Elle est avec moi, coupa Drago.

Son interlocuteur tourna vivement la tête vers… comment s'appelait-elle, déjà ? *Holly*, non ? Il regretta d'avoir été inattentif quand elle s'était présentée.

Le chargé de production agita les doigts vers elle :

— Parfait ! Allons, venez, mademoiselle, qu'on vous maquille…

Elle sembla terrifiée. Drago lui adressa un sourire encourageant.

— Allez-y, Holly.

Oui, c'est bien Holly…, déduisit-il alors qu'elle écarquillait les yeux, surprise qu'il ait retenu son prénom.

— Nous nous reverrons quand ce sera terminé, ajouta-t-il, alors qu'elle dirigeait tour à tour son regard sur lui et sur le chargé de production.

— V… vraiment ? demanda-t-elle.

Elle lui parut si perdue, en cet instant ! Incapable de dompter son impulsion, il demanda :

— Etes-vous prise, à l'heure du déjeuner ?

Elle fit signe que non. Drago sourit.

— Eh bien, vous l'êtes, maintenant.

C'était la première fois quc Holly était attablée dans un grand restaurant — dans un salon privé, par-dessus le marché. Avec le plus bel homme qu'elle eût jamais vu. Plus elle côtoyait Drago Di Navarra, plus elle était sous le charme…

Ils étaient partis du mauvais pied, tous les deux, au moment de leur rencontre. Mais à mesure qu'ils faisaient plus ample connaissance, il se métamorphosait d'une façon spectaculaire. C'était même un homme… fascinant.

En fait, pensa-t-elle, tandis qu'elle l'écoutait parler de la séance de photos, il n'y avait qu'un problème : elle s'était laissé conduire à Central Park alors qu'elle n'était pas top model de profession, elle avait consenti à ce qu'on la pare d'une robe mauve, qu'on la maquille et qu'on la coiffe ; puis elle s'était avancée… pour rester plantée comme un piquet devant l'objectif, sidérée de s'être laissé entraîner si loin.

Tout ce qu'elle voulait, c'était présenter son parfum à Drago Di Navarra ! Mais quand elle avait compris ce qu'il attendait d'elle, au terme de leur trajet en voiture, il était trop tard pour faire machine arrière. Incapable de s'expliquer, elle avait gardé le silence. Si elle avouait qui elle était et quel était son but, Drago serait sans doute furieux contre elle.

Ce qui la conduirait droit à l'échec.

Quand Drago était arrivé sur le plateau, où elle se demandait bien ce qu'elle y faisait, il lui avait souri. Elle lui avait rendu son sourire. Et, soudain, le photographe avait semblé ravi. Malgré sa maladresse et son malaise, tout le monde avait paru satisfait d'elle. Ils avaient changé plusieurs fois sa tenue, sa coiffure, son maquillage. Sous le regard de l'objectif, elle avait pensé à son parfum, et s'était demandé par quel miracle elle arriverait à s'expliquer avec Drago… Et puis, soudain, quelqu'un avait déclaré que la séance était terminée.

Drago l'avait alors emmenée dîner sans qu'elle réagisse, trop intimidée pour trouver ses mots. A présent, elle portait toujours la dernière toilette qu'on lui avait fait mettre, un ravissant fourreau de soie prune associé à des ballerines mordorées Christian Louboutin. Elle avait l'impression d'évoluer dans un rêve. Elle se trouvait à New York, en tête à tête avec l'un des célibataires les plus convoités du monde. Et elle voulait graver chaque instant dans sa mémoire.

Pourtant, tout ce qui s'était déroulé jusqu'ici était un malentendu, ni plus ni moins ! Elle n'était pas venue poser pour Navarra Cosmetics, mais pour présenter sa fragrance ! Comment allait-elle s'y prendre ? Etait-il possible de trouver un moment opportun pour déclarer : *A propos, merci pour ce repas, mais en réalité, je voudrais vous parler du parfum que j'ai créé ?*

Elle devait pourtant y venir. Et vite ! Malheureusement, chaque fois qu'elle tentait de parler, quelque chose — une interruption, une distraction — l'en empêchait. Quand Drago allongea le bras par-dessus la table pour emprisonner sa main entre ses doigts, toutes ses idées la désertèrent.

— Holly, vous avez été fabuleuse, tout à l'heure, lui dit-il.

Il porta sa main à ses lèvres et y imprima un baiser. Un frisson électrique la parcourut et irradia jusqu'au cœur de sa féminité, éveillant son désir comme jamais auparavant.

En Louisiane, elle avait eu un petit ami, Colin. Ils avaient échangé des baisers. Ils étaient même allés un peu plus loin — mais elle n'avait pu franchir le pas, et se donner entièrement à lui : l'instant idéal ne s'était jamais présenté.

Et puis Colin l'avait quittée. Il était sorti avec cette garce de Lisa Tate. Pour Holly, l'affront restait encore à vif.

« Tu es trop égoïste, lui avait-il déclaré. Obsédée par ton maudit parfum. »

Holly s'obligea à revenir au moment présent, tâchant d'ignorer l'accélération de son pouls et son trouble intime. Elle savait ce qui lui arrivait, même si elle n'avait jamais fait l'amour. Avec Colin, elle avait découvert le désir, sans aspirer pour autant à s'adonner au plaisir sensuel. En revanche, elle n'avait aucune peine à l'imaginer avec Drago Di Navarra… Elle eut un petit coup au cœur lorsque leurs regards se croisèrent.

Parle-lui, Holly, dis-lui la vérité tout de suite…

Au lieu de quoi, elle baissa les yeux en murmurant :

— Merci.

— Vous êtes très douée. Vous irez loin dans votre métier, si vous ne vous laissez pas atteindre par ce milieu.

Elle ouvrit la bouche, mais n'eut pas le temps de

prononcer un mot : le portable de Drago Di Navarra venait de sonner. Il jeta un coup d'œil sur l'écran, puis lâcha en italien quelque chose qui ressemblait à un juron.

— Veuillez m'excuser, dit-il, c'est important.

— Je vous en prie.

Il avait déjà pris la communication et, les mains sur les genoux, elle attendit qu'il ait fini. Elle examina le papier peint satiné, les dorures, et eut l'impression de se trouver sur une autre planète. Que faisait-elle ici ? Comment se retrouvait-elle en train de dîner avec un milliardaire comme si cela lui arrivait tous les jours ?

Tout ce qui s'était produit depuis son arrivée à New York était si étranger à son existence habituelle qu'elle avait du mal à reprendre ses esprits.

Pourquoi n'arrivait-elle pas à prononcer les mots qu'il fallait ? Si elle avait gardé avec elle ses échantillons, elle aurait été plus à l'aise. Mais elle avait laissé sa mallette dans la voiture de Drago Di Navarra : il avait assuré qu'elle y serait à l'abri pendant qu'ils dîneraient.

Si elle l'avait emportée, elle aurait pu lui soumettre ses échantillons, développer ses concepts, vanter la splendeur de *Colette*, le dernier parfum élaboré de concert avec sa grand-mère.

Drago mit un terme à l'entretien et s'excusa pour l'interruption.

— Pardonnez-moi, *bella mia*, dit-il. L'industrie cosmétique ne me laisse jamais de répit.

— Il n'y a pas de problème, assura-t-elle avec un sourire.

Son cœur s'était remis à battre la chamade, mais elle avait enfin arrêté un plan d'action : une fois qu'elle aurait récupéré sa mallette, elle lui ferait part de son véritable but. Dès qu'il aurait respiré les arômes de *Colette*, il serait conquis !

On commença à apporter leurs plats, et Holly se surprit à se détendre en compagnie de Drago. Il était tout à fait charmant. Il se montrait attentionné et s'intéressait à ce qu'elle disait. Elle lui parla de la Louisiane, de sa grand-mère — sans mentionner les parfums pour le moment —, et de son voyage en car.

— Vous avez fait tout ce chemin en car ? demanda-t-il, étonné.

Holly baissa les yeux et avoua, le rose aux joues :

— Je n'avais pas de quoi payer le billet d'avion.

Elle avait dépensé toutes ses économies pour ce voyage. Dans le seul but de parler à cet homme !

Ce qu'elle était en train de faire, d'ailleurs… Mais pas comme il l'aurait fallu. Pas encore, en tout cas. Elle avala une ou deux gorgées de vin blanc : *notes de base boisées et fumées, notes de tête florales*, se dit-elle. *Délicieux.* Son odorat était beaucoup plus aiguisé que ses papilles, mais elle savait identifier les diverses saveurs.

— Vous débarquez vraiment de votre cambrousse, alors, observa Drago.

Cette fois, elle ne s'offusqua pas de cette remarque, qui n'avait rien d'insultant. En fait, Drago semblait… plutôt songeur.

— Et vous arrivez à New York la tête pleine de rêves, continua-t-il.

— Chacun a les siens, non ? demanda-t-elle en haussant les épaules.

Il promena son regard sur son visage, et elle se sentit étrangement remuée. Elle aurait tant aimé que cette soirée ne finisse jamais ! Elle avait envie de boire du champagne sous les étoiles et de danser jusqu'à l'aube dans les bras de Drago…

Comme il posait de nouveau sa main sur la sienne, un frisson délicieux la parcourut. Son corps tout entier semblait se tendre vers lui, telle une fleur qui se tourne vers le soleil. Ses doigts virils effleurèrent son bras nu, éveillant comme de petites flammes sur sa chair, et son souffle s'accéléra.

— Moi aussi, j'ai un rêve…, murmura-t-il avec douceur.

Son corps était si proche, maintenant, et sa belle bouche aurait effleuré la sienne si elle s'était penchée encore un peu. Il glissa les doigts sur sa joue, dans sa chevelure, et elle se sentit fondre de désir et de trouble. Peu importait ce que lui réserverait le lendemain, pourvu que cet homme l'embrasse. Là, ce soir, tout de suite.

Ses lèvres se rapprochèrent, et elle ferma les yeux. Son cœur battait très fort. Il devait sûrement s'en rendre compte en voyant palpiter la veine du creux de son cou. Mais elle s'en moquait. Elle était toute à la beauté, à l'émerveillement, à la perfection de cette soirée. On aurait dit qu'elle était transportée dans un conte de fées, qu'elle était devenue princesse et rencontrait enfin son prince.

Il eut un rire bas et doux qui la fit frémir de désir, puis il s'empara de sa bouche en un baiser tendre, si doux, si parfait…

Mais elle voulait aller plus loin. Elle se rapprocha, lui arrachant cette fois un rire de gorge un peu rauque. Il l'amena à écarter les lèvres et insinua sa langue dans sa bouche. Elle laissa échapper un soupir.

Le baiser se modifia alors, devint plus exigeant, brûlant et possessif. Leurs langues se rencontrèrent, se mêlèrent, dansèrent l'une contre l'autre. L'intensité ardente de cet échange se diffusa dans tout son corps, excitant les pointes de ses seins, embrasant le cœur de sa féminité.

Elle voulait être plus près de lui, tout contre lui. Elle enroula ses bras autour de son cou et se cramponna à lui, se laissant sombrer dans la passion de l'instant.

Pour finir, Drago s'écarta d'elle.

— Mon rêve, dit-il dans un murmure sensuel, c'est que tu m'accompagnes jusqu'à mon appartement.

Holly se contenta de le dévisager alors qu'il se levait et lui tendait la main. Elle n'aspirait qu'à être avec Drago. Elle n'était pas prête à accepter que la soirée s'achève, même si une toute petite part de son esprit lui soufflait d'être prudente. Ces instants de passion, de jubilation sensuelle, elle voulait qu'ils se prolongent.

Elle voulait rester avec lui.

Elle plaça sa main au creux de la sienne, électrisée par ce contact. Au fond d'elle-même, elle se sentait en proie à un entraînement irrésistible.

— C'est d'accord, dit-elle timidement. Je le veux aussi.

2.

Un an plus tard…

— Je ne comprends pas pourquoi tu ne vas pas le trouver à son bureau pour lui demander de t'aider, dit Gabriella, la colocataire et meilleure amie de Holly.

Elle tenait dans ses bras le petit Nicholas. Pour une fois, il dormait à poings fermés. Gabriella était vraiment dévouée ! Nicky ne faisait pas ses nuits depuis que Holly était rentrée de l'hôpital.

Elle prit un échantillon et le huma. Essence de roses. Cela fit surgir dans son esprit la vision d'une profusion d'opulentes fleurs rouges : celles du jardin de sa grand-mère. Qui appartenait désormais à quelqu'un d'autre, puisqu'elle avait perdu la propriété depuis plusieurs mois. Submergée par un flot d'amertume, elle reposa la fiole et s'écarta de la table où elle composait ses senteurs.

— Je ne peux pas aller le voir, Gabi. Il m'a signifié clairement qu'il ne voulait plus avoir affaire à moi.

Holly n'avait pas oublié le cuisant rejet que lui avait infligé Drago Di Navarra. Pour elle, c'était comme si l'affront datait de la veille. Elle avait aussi l'impression — le diable emporte cet homme ! — qu'il venait de lui faire merveilleusement l'amour. Pourquoi son corps s'obstinait-il à se troubler au souvenir de leur unique nuit ?

Heureusement, son esprit, lui, ne s'en laissait pas conter : il débordait de rage. Même si, au fond, ce n'était pas entièrement vrai… Sa réaction ressemblait à un parfum. La note de tête était la fureur ; la note de cœur, le mépris de soi ; et la note de fond — celle qui tardait à se dissiper —, la honte.

Comment avait-elle pu se montrer aussi naïve et en quête d'affection ? Quelle mouche l'avait piquée de tomber dans les bras de Drago avec tant de facilité et d'abandon ? Ce n'était pas dans son caractère ! Plus jamais elle n'aurait une conduite aussi stupide. La leçon avait porté.

Elle s'était montrée si crédule et confiante ! Rien que d'y repenser, elle en était malade. Et elle ne pouvait pas s'empêcher, jour après jour, de ruminer sa folle erreur…

Drago lui avait appris à être soupçonneuse, prudente, à s'interroger sur les motivations réelles des gens — surtout les hommes. Il avait fait d'elle une femme méfiante et, pour cette raison, elle le détestait.

Mais quand elle voyait son fils, elle était submergée d'un sentiment d'amour. Nicky était une petite merveille. Il illuminait sa vie. En lui, tout était adorable, même si son père n'était qu'un individu arrogant au cœur sec. Drago, c'était la pire chose qui lui fût arrivée, mais Nicky, lui, était la plus belle.

Etrange retournement du sort…

— Il réagirait peut-être autrement, s'il était au courant, pour Nicky ? suggéra Gabriella.

— Il est hors de question que je le mette au courant, trancha Holly.

Drago provoquait en elle ce genre d'impulsion. Mais elle ne devait pas faire peser sa rancœur sur Gabi. Aussi ajouta-t-elle, comme pour quêter la compréhension de son amie :

— J'ai essayé de l'avertir. Mais sa secrétaire a affirmé qu'il ne voulait pas me parler. Je lui ai envoyé une lettre, elle est restée sans réponse.

— Mais enfin, on n'est plus à l'âge de pierre ! s'insurgea Gabriella. Publie ça sur Facebook. Il réagira, crois-moi.

Holly frissonna. Jamais elle n'exposerait ainsi sa vie privée !

— Il ne réagira pas, j'en suis sûre. Et puis, tu ne veux quand même pas que je m'humilie de cette manière ! Tant pis pour lui. Il a laissé passer sa chance.

— Je sais, dit Gabi en contemplant le visage angélique de Nicky. Mais ce petit bonhomme devrait avoir droit à ce qu'il y a de meilleur au monde.

Cette déclaration frappée au coin du bon sens ne laissa pas Holly insensible. Elle regarda leur petit appartement, et des larmes lui picotèrent les paupières. Après son retour à New Hope, elle avait perdu la maison de sa grand-mère, son rêve de devenir créatrice de parfums s'était effondré, et elle avait déménagé à La Nouvelle-Orléans où elle avait accepté un travail de serveuse au casino, qui n'avait rien d'idéal mais lui valait de bons pourboires.

Gabi, installée ici l'année précédente, avant la mort de sa grand-mère, avait encouragé Holly à la rejoindre lorsque celle-ci avait découvert sa grossesse. Holly avait accepté avec gratitude. Jamais, en effet, elle n'aurait pu rester à New Hope. Sa grand-mère avait été très respectée dans la communauté. Si elle avait été encore en vie, elle aurait soutenu sa petite-fille. Mais elle n'était plus là. Et Holly ne voulait pas faire honte à sa mémoire en alimentant les ragots de la ville.

Elle ne voulait pas non plus exposer son fils à la réprobation des mauvaises langues. Il y avait encore, dans sa ville natale, des gens qui trouvaient honteux d'être mère célibataire. Au XXIe siècle !

— Je fais de mon mieux, souligna Holly.

— Mais bien sûr ! s'écria Gabi, contrite. Excuse-moi, j'ai manqué de tact. En fait, je me suis laissé emporter en pensant à ton petit bout de chou. Vraiment, son père n'est qu'une brute ! Mais quand Nicky sera devenu président des Etats-Unis, la branche paternelle de la famille s'en mordra les doigts !

Holly ne put s'empêcher de rire malgré sa contrariété.

Gabi avait décidément le don de la dérider. Elle serra affectueusement le bras de son amie.

— Tu es la meilleure. Tout va s'arranger, tu verras… Je créerai un parfum qui fera sensation, et on me remarquera enfin. Il y a dans le monde d'autres rois de la cosmétique que Drago Di Navarra, contrairement à ce qu'il s'imagine !

— Il a raté l'occasion de sa vie, quand il t'a renvoyée sans même tester ton parfum, approuva Gabi.

De nouveau, Holly sentit la brûlure de l'humiliation. Oui, Drago l'avait renvoyée sans ménagement…

Après leur magnifique nuit d'amour, il avait préparé le petit déjeuner et le lui avait servi au lit. Elle était alors au comble du bonheur et se sentait merveilleusement bien. Ils avaient discuté en déjeunant, puis il avait fait apporter sa mallette lorsqu'elle avait pensé à la réclamer.

— Qu'est-ce que c'est, *cara* ? avait-il demandé, intrigué.

— Ce sont mes échantillons, avait-elle répondu, le cœur battant d'excitation.

— Des échantillons ?

— Oui, de mes fragrances. Je crée des parfums.

Elle n'avait pas pris garde à l'éclat menaçant de son regard gris lorsqu'il avait ouvert la mallette. Il avait sorti une fiole de *Colette* et l'avait élevée devant ses yeux pour examiner le liquide ambré, en plissant les paupières.

— Explique-toi, avait-il dit d'une voix tendue.

Un peu déroutée, elle avait cependant obtempéré, encore sous le charme de la nuit merveilleuse qu'ils venaient de passer. Drago était un amant passionné et sensuel, et c'était, de surcroît, un homme délicat et attentionné. Il n'avait rien de redoutable…

A présent, elle porta sa main à son cœur, cherchant à contenir sa vive douleur à la pensée de ce qui s'était produit ensuite, et surtout de sa stupidité : elle n'avait rien vu venir ! Elle se remémora le beau visage de Drago déformé par la colère, son regard étincelant. Une réaction qui l'avait alarmée…

Il avait lâché le petit flacon dans la mallette, qu'il avait poussée vers elle. Puis il avait décrété d'une voix basse et dure :

— Va-t'en.

— Mais, Drago…

— Disparais de chez moi et n'y reviens jamais plus.

Avant même qu'elle ait le loisir de prononcer un mot, il avait quitté la pièce en claquant la porte. Quelques minutes plus tard, une domestique en uniforme était arrivée, l'air mal à l'aise. Elle avait suspendu à une patère le tailleur de Holly en disant :

— Quand vous serez prête, mademoiselle, Barnes vous ramènera.

Holly ferma les yeux en se remémorant cet horrible instant. Ce moment où elle avait compris que Drago ne reviendrait pas. Elle n'avait pas réussi à lui prouver ses compétences parce qu'elle s'était laissé distraire de son but. Parce qu'elle avait été lâche, crédule et stupide.

Elle avait consenti à ce que Drago Di Navarra lui fasse l'amour — privilège qu'elle n'avait accordé à aucun autre homme. Et elle avait cru que leur entente sensuelle était unique, qu'elle avait vécu des instants inoubliables, et lui aussi.

Pauvre idiote…

Il l'avait chassée comme si elle n'était qu'une prostituée.

Ton attitude n'était-elle pas une forme de racolage ? lui chuchota une petite voix.

Après tout, elle n'était pas irréprochable. Pendant toute une journée, elle avait feint d'être une autre, avec l'espoir de convaincre Sa Majesté le P.-D.G. de Navarra Cosmetics qu'elle avait le talent nécessaire en matière de parfums.

Elle avait eu plusieurs fois l'occasion de lui avouer la véritable raison de sa présence auprès de lui, mais elle s'était tue. Elle avait envisagé la situation comme une aventure : celle de la provinciale « montant à la grande ville » et entraînée dans une comédie des erreurs.

Pire : elle avait tout compliqué en cédant au charme dévastateur de Drago. Elle savait très bien ce qu'il avait dû penser, lui, l'homme puissant qui tenait entre ses mains la clé du succès de *Colette*.

Il l'avait prise pour la pire des menteuses, pour une aventurière, et les apparences lui avaient donné raison.

Holly contempla son fils, le cœur débordant d'amour. Oui, elle aurait dû dire à Drago qui elle était et ce qu'elle voulait. Mais si elle avait parlé, elle n'aurait pas eu Nicky ! Elle n'aurait pas connu ce bonheur délicieux d'avoir un fils, se dit-elle, émue aux larmes.

Sa grand-mère lui aurait affirmé qu'il ne fallait pas s'appesantir sur le passé. Cela ne servait à rien, car on ne pouvait pas le changer.

— Il est l'heure que je parte au travail, dit-elle à Gabi après s'être essuyé les yeux. Pourras-tu garder Nicky jusqu'à ce que Mme Turner passe le prendre ?

— Je ne relaie pas ma collègue avant deux heures, ne t'inquiète pas, assura Gabi, qui tenait toujours Nicky dans ses bras.

Holly s'inquiétait tout le temps, en réalité, mais elle se garda de l'avouer. Elle se faisait du souci pour Nicky parce qu'il n'avait que trois mois et qu'elle travaillait trop pour s'occuper constamment de lui ; parce qu'elle ne pouvait pas le nourrir au sein et qu'il devait prendre du lait maternisé ; parce qu'elle avait à peine de quoi pourvoir à ses besoins.

Elle embrassa son adorable bébé avant d'enfiler son uniforme : chemisier blanc, nœud papillon et jupe droite noire. Elle glissa ses escarpins à talons dans sa besace, puis chaussa ses tennis et partit. Ayant gagné l'Abribus en un temps record, elle arriva en avance, ce qui lui permit de retoucher son maquillage avant d'enfiler ses escarpins, puis de réunir ses affaires pour prendre son poste.

Jamais elle n'aurait imaginé, à vrai dire, devenir un jour serveuse de casino. Pourtant, elle était là, disposant sur son plateau des serviettes, un carnet et un stylo, avant de se glisser dans la foule amassée près des tables de jeu et des machines à sous pour prendre les commandes — s'apprêtant à subir les familiarités déplaisantes de certains consommateurs. Elle avait cela en horreur, mais elle évitait de protester : elle avait trop besoin d'argent, ayant du mal à boucler son budget.

Holly s'approcha d'un groupe qui s'attardait près d'une table de baccara. Tous étaient fascinés par la partie en cours, et plus particulièrement par l'homme assis à une extrémité de la table, auquel une beauté brune, penchée sur son épaule, murmurait quelque chose. Il avait un visage hors du commun, superbe et d'une architecture parfaite. Et ses traits n'étaient que trop familiers !

Pendant un court instant, Holly resta figée. Combien de chances y avait-il pour que Drago Di Navarra mette les pieds dans ce casino de La Nouvelle-Orléans et prenne place à l'une des tables dont elle avait la charge ? Une sur un million ? Pourtant, il était là, dans toute sa maudite splendeur et son arrogance…

Quelle affreuse malchance ! Holly chercha du regard sa collègue, Phyllis, afin de lui demander de s'occuper de ce secteur. Elle se sentait mal à l'idée de servir Drago et sa maîtresse. La panique la gagnait. Hélas, Phyllis n'était pas en vue, ce qui ne lui laissa pas le choix. Ayant pris son parti, elle sentit monter en elle un autre sentiment : la colère.

Lorsqu'elle avait mis son enfant au monde, après un long travail de vingt-trois heures, une seule personne l'avait réconfortée : Gabi. Les autres mères avaient été soutenues par leurs maris rayonnant de bonheur, et par leurs proches qui patientaient dans la salle d'attente. Pour sa part, elle était restée seule. Il n'y avait eu que Gabrielle pour lui tenir la main pendant l'accouchement.

Lorsque Nicky était né et qu'on l'avait placé dans ses bras, elle avait eu l'impression que le bébé en pleurs était un être venu d'une autre planète. Mais, aussitôt après, elle avait éprouvé pour lui un amour infini. Elle avait reconnu dans les traits menus de l'enfant ceux de son père, et avait ressenti du désespoir à l'idée que Drago l'avait chassée avec tant de dureté, et qu'il avait obstinément refusé, par la suite, de prendre ses appels. Il s'était privé d'un événement merveilleux dont il ne saurait jamais rien.

A présent, en le voyant avec cette femme, si hautain et sûr de lui, Holly n'éprouvait que colère et indignation. Son cœur battit plus fort, les pulsations de son sang se précipitèrent. Elle contourna la table de baccara et s'approcha de l'homme assis à la droite de Drago.

— Désirez-vous une boisson, monsieur ? lança-t-elle, une fois que la partie fut terminée.

Elle avait parlé d'une voix plus aiguë que d'habitude, tout en observant Drago. La compagne de ce dernier, sensible à la perturbation de l'ambiance, leva les yeux et croisa son regard.

Holly huma la fragrance trop capiteuse qui émanait de cette femme, évocatrice d'ébats sensuels, et un élan de jalousie la traversa à l'idée que cette inconnue avait partagé le lit de Drago.

Allons donc ! Comme si elle se souciait de ce genre de chose ! Non, ce n'était pas de la jalousie. Elle se sentait irritée, en fait. Exaspérée par la mine hautaine de cette femme, par la présence scandaleuse de Drago qui ne prêtait pas la moindre attention aux ondes négatives qui circulaient dans l'air.

L'inconnue détailla Holly, promenant sur elle ses yeux noirs. Puis elle réagit comme Holly l'avait à la fois espéré et redouté : elle murmura quelque chose à l'oreille de Drago. Celui-ci leva les yeux et vit Holly, dont le cœur fit un bond sous l'intensité de son regard. Une haine féroce l'envahit, et elle eut toutes les peines du monde à ne pas lui expédier son plateau à la figure, à ne pas le maudire en lui disant ses quatre vérités…

— Un martini dry, demanda un client tout proche.

— Bien, monsieur, dit-elle en prenant note sur son calepin.

Lorsqu'elle leva de nouveau les yeux, elle vit que Drago l'examinait en fronçant les sourcils, comme s'il sondait sa mémoire. Il ne la reconnaissait donc pas ? Ce n'était pas du tout la réaction qu'elle avait anticipée !

Elle avait eu un enfant de lui, et il n'était même pas capable de se souvenir d'elle ?

Alors là, c'est le comble ! se dit-elle, blessée, en tournant les talons. Elle se sentait tellement furieuse, tellement agitée par la peur qui l'avait saisie à la vue de Drago, qu'elle avait du mal à respirer. Elle gagna le bar pour passer les commandes, s'efforçant de recouvrer son calme.

Soit, il ne l'avait pas identifiée. Et alors ? Avait-elle cru qu'il la reconnaîtrait d'emblée ?

En fait, oui.

Holly secoua la tête, hors d'elle. Drago n'était qu'un méprisable individu, un Crésus prétentieux ! Il l'avait emmenée dîner, il avait entrepris de la séduire… Et elle s'était laissé entraîner jusqu'au bout, comme une sotte qu'elle était. Elle avait sa part de responsabilité dans ce qui lui était arrivé.

Mais Drago avait assuré qu'il prenait les précautions nécessaires, et elle s'était fiée à lui. Il avait forcément failli à sa promesse, puisqu'elle s'était retrouvée enceinte. Il s'était si peu soucié des conséquences éventuelles de leurs ébats qu'il n'avait même pas consenti à prendre ses appels lorsqu'elle avait tenté de le joindre. Quel monstrueux égoïste !

Elle reprit son plateau, une fois que les verres y furent disposés, résolue à servir les clients comme d'habitude. Non, elle ne déverserait pas les boissons sur les genoux de l'arrogant personnage, si tentant que ce fût !

— Merci, Jerry, dit-elle au barman.

Elle fit volte-face pour revenir sur ses pas, et faillit se heurter à Drago Di Navarra.

Les narines de Drago se dilatèrent instinctivement quand il regarda la femme qui se trouvait face à lui. Les joues empourprées, elle rétablit l'équilibre du plateau pour ne pas renverser de boisson sur son costume. Ses yeux lançaient des éclairs.

— Veuillez m'excuser, monsieur, j'ai des clients à servir…

Sa voix était plus sèche que dans son souvenir. Son visage et son corps, eux, étaient plus pleins, d'une rondeur agréable. Elle s'était un peu « remplumée », même s'il lui avait trouvé des formes parfaites lors de leur première rencontre. Les quelques kilos qu'elle avait pris en avaient fait une femme sensuelle, très belle, et gommaient un peu son côté jeune ingénue.

Une « ingénue » qui avait voulu le duper, cela dit ! Il ne l'avait pas oublié. Il serra les mâchoires en se rappelant sa supercherie. Elle était arrivée à New York munie des échantillons de parfums qu'elle espérait lui vendre. Et la comédie qu'elle avait jouée lui avait fait perdre à la fois son temps et son argent. Ce n'était pas la première fois qu'une femme essayait de se servir de lui à des fins intéressées, mais en l'occurrence, il s'était royalement fourvoyé ! Ce fiasco l'avait amené à faire une croix sur les photos réalisées et à tout recommencer avec un autre top model. Ce qu'il avait beaucoup regretté, à la vue des clichés : Holly était l'égérie parfaite.

Les jours suivants, il s'était demandé s'il n'était pas allé trop loin. Mais cette femme avait touché en lui des endroits névralgiques, et il n'en était pas encore remis. Il avait bien fait de la chasser.

Il lui avait fallu des semaines pour parvenir enfin à trouver l'égérie de sa nouvelle ligne. Dans son découragement, il ne s'en était pas chargé personnellement. Il avait confié cette tâche à son directeur du marketing. Ce n'était pas son genre de se mettre ainsi en retrait. Mais, chaque fois qu'il avait envisagé une autre candidate, il s'était souvenu de Holly. De la façon dont elle avait presque réussi à le ridiculiser. Elle lui avait fait revivre la part la plus solitaire et la plus sombre de son existence. Celle où il n'était qu'un pion sur un échiquier, entraîné dans une partie menée par quelqu'un autre.

La jeune femme qu'ils avaient engagée était belle, et leur parfum se vendait bien. Mais Drago n'était pas satisfait. Il aurait dû l'être, pourtant…

Il y avait, chez Holly, quelque chose d'indéfinissable. Un je-ne-sais-quoi qu'il n'avait pas oublié, même un an après. En ce moment même, son corps réagissait, s'enflammait — des sensations que Bridget, qu'il avait laissée, furieuse, à la table de baccara, ne lui faisait pas éprouver lorsqu'elle s'allongeait sur lui…

Holly était toujours aussi belle, elle était toujours l'icône parfaite pour sa campagne publicitaire. Et cette idée l'agaçait prodigieusement.

Elle l'intriguait, aussi.

— Si je devine bien, l'industrie du parfum ne t'a pas réussi, fit-il remarquer, en proie à une jubilation mauvaise.

Les jolis yeux bleus de Holly avaient une expression dure, dans leur écrin de maquillage brun et noir, mais ils s'écarquillèrent lorsqu'il prononça ces mots.

— Pas encore, répliqua-t-elle. Ta mémoire me surprend.

— Je n'oublie jamais un visage.

Il posa les yeux sur ses seins opulents, tendus sous le fin chemisier blanc de l'uniforme, puis ajouta :

— Ni un corps.

Elle redressa le menton et le toisa. Il aurait éclaté de rire s'il n'avait deviné le mépris qui suscitait ce regard. Sa petite comédie n'avait pas eu le succès escompté et, pour cette raison, elle le détestait. C'était presque drôle, en un sens.

— Quel incroyable talent ! ironisa-t-elle, avec son accent du Sud un peu traînant. Veuillez m'excuser, monsieur, mais j'ai du travail.

— Toujours en colère contre moi, *cara* ? Comme c'est bizarre…

— Bizarre ? lança-t-elle. Tu m'as séduite, puis jetée.

Décidément, elle avait du toupet !

— Ta duperie m'a coûté beaucoup d'argent, *bella mia*. J'ai dû sacrifier une journée de photos et tout recommencer. C'est plus regrettable que de t'avoir mise à la porte.

Elle sembla accuser le coup, mais ne tarda pas à riposter :

— Je suis serveuse, et tu viens me parler d'argent ?

— Un sou est un sou. Et je n'aime pas le gâchis.

— Laissez-moi vous dire une chose, monsieur Di Navarra, rétorqua-t-elle. J'ai commis une erreur, mais je l'ai payée bien plus cher que vous. Quand on a misé son argent et son avenir sur une seule rencontre avec quelqu'un d'important, qu'on échoue et qu'on perd sa maison au passage, puis qu'on doit élev…

Elle s'arrêta, ferma les paupières, et déglutit. Quand elle rouvrit les yeux, ils étaient humides et brillants.

— Quand on touche le fond et qu'on doit travailler dans un casino pour joindre les deux bouts, on a le droit d'être scandalisé, non ? poursuivit-elle. Alors, épargne-moi tes lamentations.

Elle le dépassa en le bousculant un peu, son plateau en équilibre sur une main tandis qu'elle s'insinuait dans la foule. Drago la suivit du regard, le corps brûlant. Elle était sexy, belle et provocante.

En fait, elle l'excitait au dernier degré, et cette excitation n'avait rien de comparable à ce que lui faisaient éprouver Bridget ou les femmes avec lesquelles il était sorti récemment. Et, bon sang, elle restait l'égérie idéale de sa campagne publicitaire ! Si elle avait perdu son ingénuité, elle avait gagné autre chose. Quelque chose d'indéfinissable, mais à quoi il aspirait farouchement.

Et il obtenait toujours ce qu'il voulait. A n'importe quel prix. Il continua à la suivre du regard, la voyant qui servait les boissons avec un sourire artificiel. Oui, Holly Craig avait quelque chose de singulièrement attirant.

Il avait bien l'intention de découvrir quoi. Et d'en tirer parti le plus tôt possible.

3.

Holly termina son travail à 1 heure du matin. Elle sortit en hâte du casino pour attraper le tramway. Elle devait, ensuite, prendre un bus pour achever le trajet et rentrer enfin chez elle. Un voyage long et fatigant. Mais elle n'avait pas les moyens de s'offrir un meilleur moyen de transport.

Une voiture passa dans la rue, une autre s'arrêta le long du trottoir. Les battements de son cœur s'accélérèrent. Elle évita de regarder le véhicule. L'arrêt du tramway était proche, et elle n'allait pas s'attirer des ennuis en envoyant promener un abruti en limousine. Ce n'était ni la première fois qu'un homme la harcelait ni la dernière.

— Je t'emmène ?

Elle eut un coup au cœur. Se figeant aussitôt, elle se tourna vers l'occupant de la voiture, assis à l'arrière, le coude sur le bord de la portière, dont la vitre était baissée.

— Non, répondit-elle à Drago avec un regard noir, en se remettant en marche.

Elle avait su se contrôler, quelques heures plus tôt, et il valait mieux continuer sur cette lancée. Il ne servirait à rien d'entamer les hostilités avec Drago Di Navarra. De plus, elle avait peur qu'il ne découvre l'existence de Nicky. Il supposerait sans doute que, ça aussi, elle l'avait fait exprès ! Même s'il avait affirmé qu'il prenait toutes ses précautions…

— Il est tard, tu dois être fatiguée, dit-il de sa belle voix harmonieuse.

Comme elle détestait cet accent italien si suave !

— En effet, marmonna-t-elle sans le regarder.

La limousine roulait au pas, accompagnant sa marche, et elle fut irritée de le savoir confortablement assis tandis qu'elle foulait le bitume, les pieds douloureux.

— Je suis fatiguée tous les soirs et je m'en accommode. Alors, je décline la proposition.

Drago eut un léger rire.

— Quel aplomb ! Te voilà loin de la jeune fille qui a débarqué à New York avec des étoiles plein les yeux et des rêves de gloire…

Un élan de colère irrépressible la souleva, et elle avança jusqu'à la voiture. C'était plus fort qu'elle, elle avait besoin de tenir tête à cet homme. La limousine s'immobilisa.

— J'étais peut-être naïve, mais c'est terminé. Si j'ai de l'aplomb, comme tu dis, c'est qu'il l'a bien fallu. Dans ce monde de requins, je n'ai pas envie de me faire dévorer.

A vrai dire, elle avait plutôt le sentiment d'être dotée d'un fort instinct de survie. Elle devait se battre pour rester à flot, parce qu'un petit être sans défense dépendait d'elle.

Drago ouvrit alors la portière et descendit. Holly eut un mouvement de recul. Il était si grand, si large d'épaules, si… parfait.

Parfait ? Allons donc, c'était un pitoyable individu, ni plus ni moins !

— Monte, dit-il d'une voix autoritaire. Ne sois pas si têtue.

— Je n'ai pas d'ordres à recevoir de toi, Drago, déclara-t-elle, utilisant son prénom à dessein.

Elle lui rappelait ainsi qu'ils avaient eu des relations intimes, qu'elle n'était ni une de ses employées ni une petite amie qu'il pouvait régenter à sa guise.

— D'ailleurs, continua-t-elle, ta compagne sera furieuse si tu m'emmènes, non ?

— Bridget n'est plus un problème, déclara-t-il avec hauteur.

— Pauvre Bridget ! s'exclama-t-elle avec un rire sarcastique. Econduite sans explications !

Laissant la portière ouverte, Drago s'approcha d'elle. Son instinct lui souffla de fuir, mais elle refusa de lui obéir. Elle avait affronté trop d'épreuves pour détaler à la première difficulté. Elle était beaucoup plus forte qu'avant, non ?

— Installe-toi dans la voiture, ou je t'y fais monter de force.

— Je voudrais bien voir ça ! rétorqua-t-elle. Nous sommes en Amérique… On ne kidnappe pas les gens en pleine rue, ici.

Holly ne sut pas trop ce qui lui arrivait. Elle fut soulevée en l'air, et renversée sur son épaule avant même d'avoir pu esquisser un geste.

— Pose-moi par terre ! cria-t-elle en lui martelant le dos de ses poings, tandis qu'il l'emportait vers la voiture.

La seconde d'après, elle se sentit basculer vers le sol, et elle se cramponna à lui de crainte de tomber. Mais il la déposa sans ménagement sur le siège arrière, se glissa près d'elle en un clin d'œil, puis claqua la portière. Holly se rua vers la portière opposée, mais celle-ci était verrouillée. La limousine se mit aussitôt à rouler dans Canal Street, prenant de la vitesse. Holly s'affala sur le siège en fixant son ravisseur d'un œil noir. Il semblait content de lui.

Son cœur battait la chamade, elle était tendue à l'extrême, prête à s'enflammer comme de l'amadou.

— De quel droit oses-tu… ? gronda-t-elle. Si on t'a vu, tu auras de sacrés ennuis…

— Ça m'étonnerait, répondit-il, son regard gris brillant dans la pénombre. Et maintenant, dis-moi où tu habites, et mon chauffeur te ramènera chez toi. C'est tout de même plus pratique, non ?

Elle le foudroya du regard.

— Allons, Holly, parle. Il est tard, et tu as l'air fatiguée.

Si grande que fût son envie de refuser, elle consentit à donner son adresse. Elle n'avait guère le choix… Et elle devait récupérer Nicky chez Mme Turner. En voiture, elle arriverait plus tôt que d'habitude, et sa voisine ne s'en plaindrait sûrement pas.

— Serais-tu tourmenté par ta conscience ? lui lança-t-elle lorsqu'il eut communiqué l'adresse au chauffeur.

Il éclata de rire.

— Et puis quoi encore ?

Sa réaction la blessa, mais ne la surprit guère. Ne l'avait-il pas jetée dehors sans l'ombre d'un scrupule, refusant ensuite tout contact avec elle ? Ce genre d'homme n'avait évidemment pas de cœur.

— Alors, pourquoi te montres-tu si chevaleresque ?

Il promena son regard sur elle, et elle sentit sur sa peau une chaleur diffuse, très révélatrice. Elle serra les dents, résolue à refouler toute attirance pour cet homme. Avant de rencontrer Drago Di Navarra, elle s'était cru maîtresse de ses émotions. En quelques instants, il avait pulvérisé cette illusion.

Et il la pulvérisait de plus belle à présent. Son corps ne voulait rien savoir des sentiments que Drago lui inspirait depuis un an… Le mépris ! L'aversion pure et simple !

— Parce que j'ai besoin de toi, *cara mia*, répondit-il.

Elle déglutit, la gorge nouée. Il lui avait dit des mots semblables, lors de cette fameuse soirée. Et elle, comme une idiote, elle avait mordu à l'hameçon. Cet épisode lui avait fait définitivement perdre sa naïveté. Un milliardaire italien ne tombait pas amoureux, en quelques heures, d'une jeune fille sans sophistication, vierge par-dessus le marché.

Non, il n'y avait pas eu de coup de foudre entre eux.

— Besoin de moi ? Désolée, mais la réponse est non.

— Tu n'as pas encore entendu ma proposition, fit calmement remarquer Drago.

— La réponse sera non de toute façon. J'ai déjà eu droit à une proposition de ta part. Je sais à quoi m'en tenir, merci.

Il secoua la tête comme s'il était déçu.

— Je te préférais à New York.

— Evidemment ! J'étais intimidée et faisais ce que tu demandais. Mais j'ai retenu la leçon.

— Tu aimes être serveuse, *bella* ? Tu aimes cette promiscuité avec des hommes qui se permettent des privautés parce qu'ils te croient à vendre, comme les boissons et les biscuits apéritifs ?

— Non, je n'aime pas ça ! répondit-elle avec indignation. Mais je n'ai pas de qualification…

— Et si je te proposais une meilleure situation ?

— Je ne serai pas ta maîtresse, répliqua-t-elle, l'estomac noué.

Il la regarda d'un air interdit, puis éclata de rire une fois de plus, et elle se sentit rougir, mortifiée. Après avoir vu la femme qui l'accompagnait ce soir, pouvait-elle réellement imaginer qu'il s'intéressait à elle ? Il l'avait pourtant fait, un an plus tôt. Elle ne l'avait pas rêvé : Nicky en était la preuve.

— Tu es charmante ! Je n'ai pas besoin de payer pour avoir une maîtresse. Si je te choisissais pour occuper cette… position, je suis sûr que tu ne refuserais pas.

Il était décidément d'une fatuité sidérante !

— Tu fréquentes les casinos, malgré ton manque flagrant d'intuition ? ironisa-t-elle. Je m'étonne que tu ne sois pas déjà ruiné, vu la conclusion que tu tires alors que tout indique le contraire.

— *Dio*, soupira-t-il, tu es vraiment butée ! Comment avons-nous échoué dans le même lit, déjà ? Oh ! oui, ça y est, tu cherchais à m'embobiner…

Elle rougit de plus belle au souvenir de leurs ébats, et ne se donna pas la peine de protester, persuadée qu'il ne la croirait pas, de toute façon.

— Tu aimes les femmes dociles, c'est clair. Et qui n'ouvrent jamais la bouche.

— Ce dont tu es incapable, grommela-t-il.

— Très bien, dis ce que tu as à dire. Qu'on en finisse.

Elle se sentit comme électrisée sous son regard intense. Malgré elle, elle était tentée de se laisser happer par ce regard, de s'y noyer…

— Je veux que tu sois l'égérie de *Sky*.

Sky, elle s'en souvenait très bien, était le parfum emblématique de Navarra Cosmetics. Celui pour lequel elle avait posé à New York.

— Ce n'est pas drôle, répondit-elle, les mâchoires serrées.

— Je ne plaisante pas, Holly. Je veux que tu poses pour *Sky*.

— Je l'ai déjà fait, et ça n'a pas marché, il me semble.

— C'était une erreur de jugement. Que nous pouvons rectifier maintenant.

— Je ne crois pas que ce soit possible, répondit-elle.

Comment aurait-elle pu vivre à New York avec un bébé de trois mois ? Ce n'était sûrement pas ce qu'envisageait Drago !

— Bien sûr que si, affirma-t-il. Je te paierai beaucoup plus que ne le fait le casino. Tu poseras pour les prises de vue, tu seras présente aux manifestations de promotion, et tu en seras généreusement récompensée. Tu as tout à y gagner, Holly.

Elle pensa à son bébé qui dormait dans un berceau de seconde main, au petit appartement défraîchi qu'elle partageait avec Gabi, avec son air conditionné capricieux, ses tapis fanés, ses appareils ménagers toujours en panne... Ce n'était qu'un triste logement, et elle aurait donné cher pour le quitter, pour offrir à son bébé de meilleures conditions d'existence.

Mais si Drago était en train de se moquer d'elle ? S'il ne cherchait qu'à la punir de lui avoir dissimulé la vérité à New York ?

L'homme qui se tenait en cet instant devant elle l'avait brutalement rejetée. Et il ignorait l'existence de son propre fils parce que, dans son infatuation, il n'avait pas envisagé qu'elle cherchait à le joindre pour lui annoncer une nouvelle importante...

— Je veux un contrat, dit-elle. Je veux que tout soit couché par écrit, légalement. Alors, j'accepterai.

Avait-elle le choix, cela dit ? Elle n'allait pas refuser une opportunité qui pouvait transformer la vie de son petit garçon.

— Soit, répondit Drago.

Son acquiescement immédiat la surprit. Et si elle commettait une erreur en acceptant cette proposition ? Comment aurait-elle pu ne pas aller au-devant de gros soucis, alors qu'elle avait un enfant de trois mois dont Drago ignorait qu'il était le sien ?

— J'espère que tu sais ce que tu fais, fit-elle remarquer en tremblant. Je ne suis pas mannequin de profession.

— C'est justement pour ça que tu corresponds à cette campagne publicitaire. *Sky* est destiné à une femme qui a quelque chose à reconquérir. Sa jeunesse, son innocence, son sex-appeal…

— Je connais *Sky*. Ce n'est pas un mauvais parfum, mais il n'exprime pas tout cela, fit-elle remarquer avec impatience.

Elle sentit aussitôt que ces réserves l'irritaient. Pourquoi éprouvait-elle le besoin de s'opposer à lui ?

« Prends l'argent et tais-toi », s'admonesta-t-elle tandis que le silence se prolongeait.

Drago finit par lâcher d'un ton sarcastique :

— C'est vrai, j'oubliais, tu es experte en parfums.

La remarque l'exaspéra, mais elle sentit qu'elle devait éviter de pousser Drago à bout.

— Tu n'en sais rien ! Si j'ai bonne mémoire, tu m'as jetée dehors avant que je puisse faire mes preuves…

Il se laissa aller sur son siège, adoptant une attitude détendue. Holly ne fut pas dupe. Elle avait l'impression d'avoir affaire à un jaguar qui fait mine de sommeiller alors qu'il s'apprête à bondir sur sa proie.

— Il faut, dit-il, des années d'apprentissage pour savoir mélanger des essences. Et un odorat très développé. Tu as peut-être pris plaisir à assembler des essences pour tes amies, mais cela n'a rien à voir avec les qualités nécessaires pour créer un parfum de renommée internationale.

Elle éprouva une vive colère, pourtant mêlée d'incertitude. Elle se savait douée dans sa partie. Mais il fallait reconnaître qu'elle avait un profil atypique. Comment aurait-elle pu convaincre quelqu'un qu'elle méritait d'avoir sa chance, sans présenter ses échantillons ?

Elle se tourna vers Drago en se retenant de l'envoyer au diable.

— Je constate avec plaisir que tu es bien informé sur moi, répliqua-t-elle d'une voix mordante. Mais tu ignores peut-être que ma grand-mère était née à Grasse, où elle a été formée avant de suivre son mari en Louisiane. Elle a renoncé à son rêve pour s'occuper de leur maison, mais elle n'a jamais renoncé à son art. Et elle me l'a enseigné.

Sa grand-mère avait excellé dans son domaine. Et Holly se savait à la hauteur.

— Cela se peut…, soupira Drago. Mais cela ne fait pas de toi une experte, *bella mia*.

— Comment le saurais-tu sans avoir senti mes fragrances ?

Après tout, pourquoi ne pas y aller carrément ? Qu'avait-elle à perdre ?

— En fait, je veux que ça figure dans le contrat. Si je pose pour ta campagne, tu me permettras de te présenter mon travail.

Il laissa échapper un rire qui lui porta sur les nerfs. Mais ce n'était pas désagréable, cette fois. Elle avait l'impression que des doigts légers effleuraient sa chair ultrasensible…

— Tu sais que je vais accepter, bien sûr, répondit-il. Et pourquoi pas ? Même si je consens à tester tes parfums, je peux les refuser.

— J'en suis consciente.

Elle pensait, en fait, qu'il était un homme d'affaires trop avisé pour les rejeter par simple dépit. Et elle misait là-dessus.

L'enjeu allait bien au-delà, cela dit. Car elle avait un bébé dont Drago était le père…

Cependant, pourquoi cet élément aurait-il eu de l'importance ? Drago n'était que le donneur de sperme, au fond. C'était elle qui avait tout sacrifié pour Nicky. Elle qui avait porté et mis au monde cet enfant. Elle qui se levait la nuit pour le nourrir, s'inquiétait pour lui, l'aimait d'un amour inconditionnel.

Drago, lui, ne s'était pas soucié des conséquences possibles de leur rencontre. Il l'avait rejetée, continuant à mener sa vie comme si elle n'existait pas. Et cette vie avait comporté plusieurs idylles avec des actrices et des top models, qui s'étaient étalées à la une des journaux à scandale. Pendant qu'elle gagnait à grand-peine de quoi subsister, il invitait des maîtresses à Cannes, Milan et Venise !

Elle avait un enfant de lui, mais elle sentait qu'il accueillerait sans plaisir une telle nouvelle. Elle ne lui dirait donc rien. Il ne méritait pas d'être mis au courant.

Certes, tout homme devait savoir qu'il était père. Mais elle ne pouvait pas se résoudre à le révéler à Drago Di Navarra, qui n'était pas un homme comme les autres. Il conclurait qu'elle cherchait de nouveau à l'abuser, et toutes ses chances de gagner plus d'argent pour élever son bébé seraient anéanties. Drago la rejetterait sans pitié, ainsi que son fils.

Non, il n'était décidément pas possible de lui avouer la vérité. Elle ne pouvait courir un tel risque au moment où elle entrevoyait enfin le bout du tunnel.

La voiture s'arrêta devant son immeuble. Drago regarda à travers la vitre, et il se raidit.

— Tu ne peux pas rester ici, dit-il d'une voix horrifiée.

L'immeuble ne payait pas de mine, c'était vrai. Mais les gens qui y habitaient étaient bons et honnêtes. Il n'y avait pas de trafic de drogue, par ici. Vu les maigres moyens dont elle disposait, c'était le lieu le plus sûr qu'elle pouvait s'offrir. Pourtant, l'expression de Drago lui fit honte.

— C'est ici que j'habite, dit-elle, réprimant son sentiment d'humiliation. Merci de m'avoir raccompagnée.

— Cet endroit n'est pas sûr, *bella mia*.

— J'y ai vécu sans problème ces sept derniers mois. Je ne peux pas me permettre de payer un loyer plus élevé. Et tu ignores complètement ce que ça signifie, un « endroit sûr ». Tu supposes que celui-ci ne l'est pas parce qu'il ne se trouve pas dans un des quartiers chic que tu fréquentes à New York.

Il la scruta en silence pendant quelques secondes. Puis, ayant appuyé sur le bouton de l'Interphone, il s'adressa en italien à son chauffeur. Il ouvrit ensuite la portière et descendit.

— Viens. Je t'accompagne jusqu'à ton appartement.

— Tu n'y es pas obligé, protesta-t-elle en le rejoignant sur le trottoir. La porte est à deux pas.

L'immeuble avait trois entrées en façade. Son logement, au deuxième, était desservi par l'escalier central, et le chauffeur s'était garé juste devant la porte qui y donnait accès.

— J'y tiens, insista Drago.

Holly eut un coup au cœur. Elle devait déposer chez elle son sac en toile, puis passer chez la voisine de palier, Mme Turner, pour récupérer son fils.

— Soit, dit-elle, comprenant que Drago ne céderait pas.

Il valait mieux ne pas créer de difficultés. Même s'il l'accompagnait jusqu'à l'étage, il n'y aurait pas de problème, vu que Nicky se trouvait chez Mme Turner.

Elle le précéda jusqu'à l'entrée, mais il la devança lorsqu'elle voulut pousser la porte, et il l'ouvrit toute grande avant de lui livrer passage. Elle grimpa l'escalier sans faire de bruit pour ne pas alerter la voisine. Si celle-ci l'entendait arriver, elle viendrait à sa rencontre avec Nicky dans les bras.

Drago la suivit en silence. Parvenue sur le palier, Holly se retourna.

— Me voici arrivée, murmura-t-elle. Tu peux repartir.

— Ouvre la porte, Holly. Je veux m'assurer que tu rentres sans souci.

Elle jeta un coup d'œil vers la porte de Mme Turner. On entendait la télévision.

— Parle bas, dit-elle. Les gens dorment. Ces murs sont minces. Tu ne connais pas ce genre de désagrément, mais…

Elle n'eut pas le temps de finir sa phrase ; il bondit sur le palier et lui ôta sa clé des mains.

— Tu serais surprise de savoir ce que j'ai pu connaître, *cara*… Bon, si tu me disais quelle porte je dois ouvrir ?

Elle la lui désigna et attendit en silence. Lorsqu'il pénétra à l'intérieur, elle éprouva un regain d'humiliation. Un an plus tôt, il l'avait menée dans son étourdissant appartement new-yorkais de Park Avenue, avec vue sur Central Park. Rien de commun avec ce logement ! A l'idée de ce qu'il devait penser, elle se sentit mortifiée.

Quand il revint vers elle, son regard gris était toujours aussi indéchiffrable.

— Rien à craindre, dit-il en s'écartant pour qu'elle entre.

Elle referma discrètement la porte. Bouillant de colère, elle lui arracha les clés, et lança d'une voix indignée :

— De quel droit supposes-tu, sous prétexte que cet endroit te déplaît, que j'aie besoin d'être accompagnée jusque chez moi ?

— Même si tu es jusqu'ici rentrée sans encombre, il reste possible que quelqu'un force ta porte une nuit et s'introduise chez toi pour guetter ton arrivée. Tu es belle, tu vis seule, tu es une proie toute désignée… Alors, excuse-moi si j'ai voulu m'assurer que tu ne risquais rien !

— Premièrement, je ne vois pas pourquoi tu te soucies de ça. Deuxièmement, je ne vis pas seule.

Il parut interdit.

— Tu as un petit ami ?

— Une meilleure amie. Elle est au travail.

De nouveau, il regarda autour de lui. Gabi avait laissé une lampe allumée — avec une ampoule de faible voltage, par économie. Drago actionna l'interrupteur, et le plafonnier éclaira la pièce.

L'appartement était propre, mais défraîchi et vétuste. Le regard de Drago, survolant la pièce, se posa sur le paquet de couches et les petits pots pour bébé posés dans le coin-repas. Holly se maudit de ne pas avoir tout rangé avant de partir. Elle avait été trop accaparée par ses parfums, pendant le bref moment dont elle avait disposé à son retour du supermarché.

Drago fronça les sourcils :

— Il y a un bébé, dans cet appartement ?

Avant qu'elle puisse répondre, prétexter qu'elle faisait une collecte pour un organisme de charité ou quelque chose de ce genre, on frappa à la porte.

— Holly ? lança Mme Turner depuis le palier. Vous êtes rentrée, ma chérie ?

4.

Drago vit pâlir Holly. Elle se détourna vers la porte.

— J'arrive, madame Turner ! lança-t-elle chaleureusement.

Il en fut aussitôt irrité. Depuis qu'il lui avait adressé la parole, dans le casino, elle n'avait cessé de lui infliger sa mauvaise humeur. Il comprenait qu'elle soit en colère contre lui, vu qu'il avait ruiné ses projets, un an auparavant. Mais elle aurait dû se montrer un peu plus aimable, maintenant qu'il lui avait offert un contrat. Pourquoi diable ne s'était-elle pas radoucie ?

Son regard atterrit sur une table, où étaient alignés des fioles d'échantillons et du matériel destiné à composer des parfums. De toute évidence, Holly prenait cette activité très au sérieux. Et, comme elle l'avait dit, sa grand-mère était originaire de Grasse, la capitale mondiale du parfum. Cela ne signifiait pas, néanmoins, qu'elle avait du talent, ni qu'elle était « un nez », comme on disait dans le métier. Sans quoi, mari ou pas, elle aurait travaillé dans l'industrie du parfum, où de tels atouts étaient hautement prisés.

Holly semblait persuadée d'avoir les qualités nécessaires pour réussir. Drago regarda à la dérobée le mobilier misérable, et n'en fut, pour sa part, nullement convaincu. Si elle avait du talent, que faisait-elle dans un endroit pareil ? Pourquoi n'avait-elle pas continué à tenter sa chance, après avoir été éconduite ? Il y avait d'autres entreprises que Navarra Cosmetics. Et elles pouvaient mettre le pied à l'étrier à une débutante. Ce dont elle semblait avoir grand besoin.

Il refusa néanmoins de se sentir coupable. Même si elle

avait dilapidé toutes ses économies pour « monter » à New York, il n'était pas responsable du choix qu'elle avait fait !

Pourtant, la vision de cet appartement le déprimait. Il n'avait pas toujours mené grand train, et cet endroit misérable lui rappelait trop de choses. Il pensa à sa mère, à sa quête insensée qu'il n'avait jamais comprise — elle non plus, sans doute.

Donatella Benedetti avait traîné son fils unique d'un endroit à l'autre, dans des taudis parfois privés d'électricité, d'eau courante et de moyens de communication. Il avait tendu un chapeau pendant qu'elle jouait du violon dans la rue pour s'offrir leurs repas quotidiens. Il s'était blotti dans un canoë tandis qu'une rivière d'Asie les menait vers un village de cabanes et une existence de privations. Il avait dû apprendre à mendier en jouant de son aspect pitoyable, de sa petite taille et de sa maigreur. Il avait su compter des pièces de monnaie avant même de savoir lire…

Holly ouvrit la porte, et accueillit une femme d'un certain âge. Celle-ci tenait un couffin, avec un bébé à l'intérieur.

Drago se sentit aussitôt mal à l'aise. Les bébés, ce n'était pas vraiment sa partie. Ils étaient minuscules, toujours en train de pleurer et de réclamer quelque chose… Il ne savait pas du tout comment se comporter avec eux.

— Je pensais vous avoir entendue rentrer, dit la femme. Il a été très sage, ce soir. Un vrai petit ange.

— Merci, madame Turner. J'apprécie beaucoup votre aide.

— Oh ! je suis un vieil oiseau de nuit… Ce n'est pas un problème de le garder pendant que vous êtes au travail.

La nouvelle venue leva les yeux, et vit Drago. Il inclina la tête pour la saluer.

— Désolée, j'ignorais que vous aviez de la visite, ajouta-t-elle.

Holly se détourna, avec un geste qui semblait signifier : « Ne vous en faites pas, il ne compte pas. »

— Juste une vieille connaissance que j'ai rencontrée par hasard. Il s'en allait, justement.

« Pas du tout ! » pensa Drago. Pas tout de suite, en tout cas. Pas avant d'avoir compris ce qui se passait. Il y avait un bébé dans ce couffin. Etait-ce celui de Holly ? Ou de son amie ? Et d'ailleurs, cela avait-il la moindre importance ? Du moment qu'elle acceptait de poser pour *Sky*, qu'est-ce que cela pouvait faire ?

— Occupe-toi donc du bébé, dit-il d'une voix égale. Je partirai dans un moment, quand tout sera réglé.

La dénommée Mme Turner approuva d'un signe.

— Excellente idée. Installez d'abord le petit bout de chou. Je viens de préparer son biberon.

Elle tendit à Holly le couffin et un sac de couches. Drago fit un pas pour délester Holly du sac. Elle le laissa faire, mais sans lui accorder un regard. Les deux femmes se dirent au revoir, puis la porte se referma, et ils furent enfin seuls.

Ou, plutôt, ils étaient trois. Drago regarda le couffin, où le bébé s'étirait.

— Il a faim, dit Holly, je dois le nourrir.

— Ne te gêne pas pour moi.

Elle lui jeta un regard chargé d'animosité.

— J'aimerais que tu t'en ailles. Il est tard.

— A qui est ce bébé ? s'enquit-il avec curiosité.

Il se rappela Holly telle qu'elle était à New York : douce, innocente, si sensible à ses caresses, et l'idée qu'elle avait pu coucher avec un autre lui fit horreur. Car il avait été son premier amant…

Il tenta d'oublier l'expression qu'elle avait eue quand il l'avait pénétrée pour la première fois. Elle s'était agrippée à lui, s'ouvrant comme une fleur, et il s'était senti honoré, envahi d'une immense tendresse. Elle avait misé là-dessus, sans aucun doute.

Dio, elle l'avait bel et bien roulé dans la farine ! Elle l'avait amené à baisser sa garde, à éprouver des sentiments… Il fut soulevé par un élan de colère. Mais d'autres choses s'y mêlaient. Du désir, surtout. Et il était surpris par l'acuité de ce désir. On aurait dit qu'il n'avait pas fait l'amour depuis des mois. Il avait envie d'écraser sa bouche sur la sienne, de la dévêtir, d'explorer chaque pouce de son corps comme autrefois, et au diable les conséquences !

Ce fut d'un air dur qu'elle posa les yeux sur lui. Avait-elle deviné les pensées qui le tourmentaient ? Elle s'approcha du lit et posa le couffin. Ayant fouillé dans le sac, elle y trouva un biberon. Elle souleva le bébé dans ses bras et se mit à lui donner la tétée.

Drago la regarda, gagné par une sensation de malaise : elle n'avait toujours pas répondu à sa question.

Elle contempla amoureusement le bébé, lui fit des mines, lui parla, tout en ignorant sa présence. Ses longs cheveux d'un blond vénitien avaient glissé, drapant une de ses épaules. Elle était si jolie !

Holly Craig donnait le biberon à un enfant, lui octroyant tout son amour, toute sa tendresse. Alors qu'à lui, Drago, elle ne témoignait que du mépris. En la voyant avec ce bébé, il éprouvait une réaction viscérale : une sensation de manque. Sa propre mère avait-elle eu autant d'attention pour lui ? L'avait-elle regardé avec autant d'amour ? Ou n'avait-elle vu en lui qu'un fardeau, puis un instrument de profit ?

— Holly, à qui est ce bébé ? demanda-t-il, même s'il était sûr de la réponse.

— Même si ça ne te regarde pas, sache que Nicky est mon fils. Si ça doit modifier ta décision de m'engager, fais-moi le plaisir de t'en aller et de nous laisser tranquilles.

Le cœur de Holly battait la chamade. Elle aurait souhaité que Drago ne connaisse pas l'existence de Nicky. Pas avant, en tout cas, d'avoir signé le contrat et d'être sûre de recevoir la somme promise.

Mais la chance semblait la fuir, depuis des mois ! Elle s'était ruinée pour se rendre à New York et en était revenue les mains vides. Ensuite, elle avait perdu la maison, puis découvert qu'elle était enceinte. Elle se rappelait encore le choc qu'elle avait reçu, quand elle avait constaté que ses règles avaient du retard, et trouvé le courage d'effectuer un test de grossesse. Elle se l'était procuré dans une autre ville, afin que personne, à New Hope, n'aille faire de suppositions gênantes…

Elle contempla son bébé, si doux et chaud au creux de ses bras, et se dit une fois de plus que Nicky était une bénédiction. Mais à l'époque, après tout ce qu'elle avait déjà subi, son arrivée avait été un cataclysme.

Et maintenant, alors qu'elle ne songeait qu'à le protéger et assurer son avenir, à garder le secret sur son existence tant qu'elle n'aurait pas décroché ce contrat, voilà que Mme Turner l'avait entendue rentrer et lui avait amené Nicky. Que se passerait-il, si Drago se doutait de quelque chose ? S'il devinait la vérité ? Elle perdrait aussitôt l'opportunité d'offrir une vie meilleure à son enfant !

Tu pourrais quand même lui dire la vérité, lui suggéra une petite voix. Ne tiendrait-il aucun compte des besoins de son fils, s'il savait ? Pouvait-elle tenter sa chance ?

— Quel âge a-t-il ? demanda-t-il en fronçant les sourcils.

— Quelques mois, répondit-elle évasivement, aux prises avec la peur et un sentiment de culpabilité.

— Tu n'as pas perdu de temps.

— Pardon ? demanda-t-elle, interloquée.

— Pour trouver un nouvel amant, lâcha Drago, d'un ton dur et froid.

Elle en eut l'estomac noué. Il pensait donc qu'elle s'était retrouvée enceinte d'un autre homme ! En voyant son petit garçon téter avidement, elle tenta de refouler ses larmes. Non seulement Drago Di Navarra la croyait capable d'avoir couché avec lui par intérêt, mais en plus, il la prenait pour une fille facile, capable de se précipiter dans les bras d'un autre après leur aventure d'une nuit. Comme si elle avait pu supporter le contact d'un autre homme, après l'avoir connu !

— Tu aurais pu te montrer plus prudente, ajouta-t-il.

— Comment oses-tu dire ça ? Tu ne sais rien de moi, tu m'entends ? Rien ! Nicky est un vrai bonheur, un don du ciel… Je ne l'échangerais pas pour tous les contrats du monde, alors tu peux ravaler ton mépris et débarrasser le plancher !

Elle s'aperçut, lui jetant ces mots au visage, qu'elle ne pouvait s'empêcher de trembler. Et Nicky le sentit. Il s'agita, son visage se chiffonna et il laissa échapper la tétine. Avant qu'elle ait pu la remettre en place, il se mit à pleurer.

— Chut, mon poussin, je suis là…, murmura-t-elle, les yeux brûlant de fatigue et de larmes mal contenues.

Elle aurait aimé se coucher et dormir pendant dix heures d'affilée. Mais ce n'était pas possible.

— Excuse-moi, Holly, je n'aurais pas dû dire ça…

Tout en berçant son fils, elle leva les yeux vers Drago, remuée par ces mots, qu'il venait de prononcer avec une sincérité manifeste. Elle avait l'impression de voir resurgir l'homme qu'elle avait découvert un an plus tôt et trouvé si fascinant ; l'homme qui lui avait donné le sentiment qu'elle était à sa place, près de lui, l'homme qui avait su la faire rire, la faire haleter de plaisir…

Elle avait aimé cet homme, jusqu'à l'instant où il avait révélé la sécheresse de son cœur. Tout en se disant qu'elle ne devait pas se laisser abuser, elle se sentait émue par ses excuses. A moins qu'elle ne fût trop épuisée pour rester en colère.

Nicky continuait de pleurnicher. Elle se leva et le berça dans ses bras.

— Allons, calme-toi mon bébé, tout va bien…

— Tu as besoin d'aide, observa Drago.

— J'en ai. Tu as vu Mme Turner, et Gabi m'aide aussi.

— Tu es fatiguée, Holly, tu devrais te coucher.

— Je ne le pourrai pas tant qu'il ne sera pas endormi.

Elle se mit à aller et venir, laissant autant d'espace à Drago que le permettait l'étroitesse du logement.

— Tu ferais mieux de partir, ton chauffeur doit s'imaginer que je t'ai assommé pour voler ton portefeuille.

— Ça m'étonnerait.

— Vas-y, insista-t-elle. Nicky va s'endormir, et je pourrai enfin me coucher. Je reprends mon service demain à midi.

— Je ne peux pas partir comme ça, dit-il en s'approchant.

Dans sa nervosité, Holly accentua le mouvement de balance de ses bras, ce qui ne sembla pas déranger Nicky. Ses petits yeux se fermaient.

— Bien sûr que si ! affirma-t-elle. Tu ne vas quand même pas passer la nuit ici ! D'ailleurs, tu n'en as sûrement aucune envie. Désolée, mylord, mais nous n'avons ni draps de soie ni service d'étage, et…

— Tais-toi une seconde et écoute-moi, coupa-t-il.

Elle se tut, trop épuisée pour s'insurger.

— Je rentre à New York demain. Tu m'accompagneras.

— Il n'est pas question que je laisse mon bébé ! Et je n'irai nulle part sans contrat.

Elle n'avait pas confiance en lui. Et elle avait subi trop de coups du sort pour croire que la chance tournait enfin en sa faveur. Si Drago Di Navarra se montrait soudain attentionné avec elle, il devait y avoir une raison. Se doutait-il de quelque chose ? Ou voulait-il la faire tomber d'encore plus haut que la dernière fois ?

— Tu ne te sépareras pas du bébé, affirma-t-il. Et tu ne retourneras pas au casino. Prépare le nécessaire pour cette nuit, j'enverrai quelqu'un, demain, pour prendre tes affaires.

Holly le dévisagea, ébahie, engloutie dans un mélange d'espoir, de peur et de honte.

Ne lui fais pas confiance, lui murmura une voix, *ne lui fais surtout pas confiance…*

Elle désirait tellement le croire, pourtant ! Drago était sa seule planche de salut, son seul espoir de quitter ce trou… Mais elle avait aussi des obligations.

— Je ne peux pas m'en aller comme ça. J'habite ici,

et Gabi n'est pas là pour le moment. Je dois donner mon préavis au casino et…

— Si, tu peux partir. Et tu partiras.

Que faire ? se demanda-t-elle, désemparée.

Réfléchis, Holly, bon sang !

— Tu me demandes de chambouler mon existence sur la foi d'une simple promesse, observa-t-elle. Qui me prouve que ce n'est pas un traquenard ? Que tu ne cherches pas à m'envoyer sur les roses une fois de plus ?

D'abord interdit, Drago se mit ensuite à rire. Elle sentit qu'elle s'empourprait.

— Allons, voyons, *cara* ! Peux-tu réellement croire que j'ai prémédité pendant un an de te faire payer ta tromperie de New York ? Jusqu'à ce soir, je n'avais pas pensé à toi une seule seconde !

Cette affirmation blessa Holly plus qu'elle ne l'aurait cru. Il ne s'était pas écoulé un jour sans qu'elle-même pense à lui, d'une façon ou d'une autre… et lui, il déclarait avec désinvolture qu'il l'avait oubliée !

— Quel flatteur ! murmura-t-elle avec ironie, pour ne pas trahir sa souffrance.

Avec sa superbe de play-boy italien, il rétorqua :

— Cela n'a rien de personnel, crois-moi. Je suis un homme très occupé. Mais quand je t'ai revue, je me suis souvenu des photos. Tu correspondais exactement à cc que je cherchais. Tout ce que je veux, c'est que ton visage soit associé à mon parfum.

Nicky s'était enfin endormi. Holly alla dans sa chambre et le coucha dans son berceau, placé près de son lit. Quand elle se redressa, Drago se tenait sur le seuil de la pièce.

— Très bien, je pars, décida-t-elle soudain en le rejoignant. Mais pas ce soir. Jc ne peux pas déplacer Nicky, ça le réveillerait. Et je suis trop épuisée pour faire les bagages.

Drago la regarda, frustré, puis il fit remarquer avec douceur :

— Tu es vraiment une tête de mule.

Ses beaux yeux gris se posèrent sur sa bouche.

Elle sentit alors comme un picotement sur ses lèvres. La chaleur du corps de Drago enveloppa le sien, et elle perçut l'odeur de son eau de toilette. Cette fragrance discrète mais envoûtante semblait conçue pour lui. Holly y distingua une odeur de santal, classique pour une eau masculine. Mais aussi des arômes de poire, plutôt surprenants, et de mousse. L'ensemble exerçait une séduction indéniable. Elle l'associerait toujours à Drago, désormais…

— Mon bébé a la priorité, déclara-t-elle. Désolée que ça te dérange, mais j'agirai toujours au mieux de ses intérêts.

— Un trait de caractère digne d'une maman, je suppose.

Elle éprouva une émotion poignante en entendant ces mots. Qu'avait-elle perçu dans son intonation ? De la mélancolie ? De la solitude ? Une nostalgie d'enfant perdu ?

— Je t'enverrai une voiture demain, *cara*. Fais tes adieux et prépare tes bagages. Tu ne remettras plus jamais les pieds ici.

— Je ne peux pas laisser tomber Gabi. Elle a besoin d'argent, ne serait-ce que pour les prochains mois de loyer…

— Pas de problème, je m'en charge.

Sur ces mots, Drago sortit. L'écho de son pas résonna dans l'escalier, puis disparut.

5.

L'appartement new-yorkais de Drago était encore plus magnifique que dans son souvenir. Holly était allongée sur un vaste lit, et contemplait le plafond orné de fresques. L'après-midi touchait à sa fin. Elle aurait dû se lever, mais n'en avait aucune envie.

Le matin même, très tôt, Nicky avait réclamé son biberon. Tout en le lui donnant, elle s'était convaincue que Drago ne reviendrait pas.

A 6 heures, Gabi était arrivée, titubant de fatigue, et Holly lui avait alors tout raconté. Le visage de son amie s'était aussitôt illuminé.

— Holly, c'est génial ! s'était-elle écriée. Tu dois accepter ! Tu vas partir, n'est-ce pas ?

— Je n'en suis pas sûre, avait-elle répondu, désemparée. Hier, je l'étais, mais… comment pourrais-je t'abandonner ? Et comment avoir de nouveau affaire à cet homme ? Il n'a rien d'un chic type, Gabi. Il est égoïste, arrogant, il ne pense qu'au profit, et il…

— … est beau comme un dieu, avait achevé Gabi. En plus, il est le père de ton fils.

— C'est ce qui m'inquiète le plus.

Gabi s'était assise et lui avait pris affectueusement la main.

— C'est une occasion unique, Holly, lui avait-elle dit du ton le plus sérieux. Tu dois la saisir. Si elle se présente à ce moment de ta vie, ce n'est sûrement pas un hasard. Tu dois suivre ton destin.

Holly était partie, au bout du compte. Drago s'était présenté à 8 heures, alors qu'elle avait déjà réuni toutes ses affaires dans trois valises — que le chauffeur avait descendues dans le coffre de la limousine. Elle avait étreint Gabi, les larmes aux yeux, lui promettant de donner des nouvelles, inquiète à l'idée de la laisser seule.

Mais Drago avait remis à son amie une épaisse enveloppe, lui recommandant de faire bon usage de son contenu.

L'atterrissage avait eu lieu à New York deux heures plus tard. Et, une heure après, Holly s'était retrouvée là. Elle ne s'était pas attendue à séjourner chez Drago !

— Il serait absurde que tu ailles à l'hôtel avec un bébé, avait-il fait valoir, devançant ses protestations. Ce n'est quand même pas la place qui manque dans cet appartement.

Nicky était installé dans la pièce voisine. Il avait un beau berceau, un parc de jeux avec une multitude de jouets d'éveil. Après l'avoir couché pour sa sieste, Holly s'était allongée pour prendre aussi du repos. En général, son fils la réveillait avant qu'elle soit fraîche et dispose.

Soudain alarmée, elle consulta l'écran de son téléphone. Elle avait dormi trois heures d'affilée !

Elle sauta du lit et courut dans la pièce voisine. Nicky n'était plus dans son berceau ! Paniquée, elle se rua dans le couloir, puis dans l'immense séjour qui donnait sur Central Park. Une femme était avec Nicky. Allongé par terre, son fils tripotait un jouet d'éveil, et l'inconnue l'encourageait avec de petits murmures.

— Qui êtes-vous ? lui demanda Holly, toute tremblante.

Sa raison lui souffla de ne pas affoler Nicky, qui s'amusait manifestement et ne semblait courir aucun risque. Mais elle avait toutes les peines du monde à ne pas arracher son bébé à cette inconnue.

Celle-ci se releva en souriant. Plus âgée qu'elle, d'apparence simple et ordinaire, elle était en jean et T-shirt.

— Je m'appelle Sylvia. M. Di Navarra m'a engagée pour vous aider à vous occuper de votre bébé.

Holly n'avait pas la moindre envie que Drago se mêle de l'éducation de Nicky !

— Je n'ai pas besoin d'assistance. Il a fait une erreur.

— Veuillez m'excuser, mademoiselle, mais M. Di Navarra pensait qu'il vous fallait de l'aide.

— Je verrai ça avec lui.

— Tu verras quoi ?

Holly fit volte-face en entendant la voix de Drago, et le vit sur le seuil du séjour. Elle ne put s'empêcher d'avoir un coup au cœur. Il était si beau ! Comment cet homme splendide avait-il pu s'intéresser à elle, même pour un soir ? Comment avaient-ils pu faire un enfant ? Elle n'était pas du tout le genre de femme qu'il fréquentait d'habitude…

Il portait un jean artistement délavé — et non déteint par l'usure —, et sa chemise noire épousait les lignes de son large torse musclé. Le cœur de Holly se mit à battre plus vite lorsqu'elle remarqua qu'il était pieds nus.

— Tu fais perdre son temps à cette femme, dit-elle. Je n'ai pas besoin qu'on m'aide à m'occuper de Nicky…

Drago s'avança, jetant sur la table, au passage, le journal qu'il tenait à la main. Dédaigneux et arrogant une fois de plus, il déclara :

— Navré de te démentir, mais c'est tout le contraire. Tu en as besoin.

Parvenu près d'elle, il lui releva le menton, l'examinant d'un côté, puis de l'autre, tandis qu'elle tressaillait à son contact.

— Je vais investir beaucoup d'argent pour que ton visage orne mes panneaux publicitaires. Je préférerais t'afficher fraîche et dispose, et pas avec ce teint de papier mâché.

Elle s'écarta aussitôt, lui lançant un regard noir. Il ne se préoccupait donc que de sa campagne ! Qu'avait-elle imaginé ? Qu'il avait engagé une nounou parce qu'il se souciait d'elle ? Elle ne comptait pas le moins du monde, en réalité ! Une seule personne avait de l'importance aux yeux de Drago : lui-même.

— Tu aurais pu me consulter ! Ça m'a affolée de voir que mon bébé n'était plus dans sa chambre…

— Eh bien, j'en suis désolé. J'avais recommandé à Sylvia de l'éloigner s'il pleurait. Je te savais en manque de sommeil.

Il ne cherchait qu'à protéger son « investissement ». Mais il y avait longtemps qu'on ne s'était pas soucié de son bien-être, et Holly en éprouva une étrange émotion. Gabi aurait pu se rendre compte de sa fatigue, si elle n'avait pas été embarquée dans la même galère. Sa grand-mère aussi y aurait pris garde. Elle l'aurait mise au lit et se serait chargée de Nicky…

Holly faillit laisser échapper un gémissement de détresse. Il y avait un an et demi que sa grand-mère était morte. Il lui arrivait encore d'être terrassée par le chagrin aux moments les plus inattendus.

Elle regarda Sylvia, accroupie près de Nicky, et eut la gorge serrée. Elle éprouvait évidemment de la reconnaissance pour Mme Turner, qui se montrait douce et attentionnée ; mais elle était certaine qu'elle avait passé plus de temps devant la télévision qu'à jouer avec le bébé. Sylvia, elle, paraissait être à son affaire. Elle semblait d'ailleurs plus compétente qu'elle-même en matière d'éducation des enfants, à en juger par la manière dont elle s'occupait de Nicky.

— Tu as besoin de manger, lui dit Drago.

— Je n'ai pas faim.

Un gargouillis de son estomac la démentit, et Drago haussa les sourcils.

— Viens donc dans la cuisine, que le chef te prépare quelque chose.

Holly, hésitante, regarda son bébé et Sylvia. Elle ne demandait pas mieux que de faire confiance à cette femme, mais… elle ne la connaissait pas. Et tous ces changements la rendaient nerveuse.

— Je préfère rester.

— Nicky est en sûreté, Holly. Il sera très bien ici.

Holly se dit alors qu'elle était déraisonnable. Elle avait

confié Nicky à Mme Turner alors qu'elle travaillait à l'autre bout de la ville. Et aujourd'hui, elle se rendait simplement dans la pièce voisine ! Elle n'allait tout de même pas en faire un drame. Mieux valait s'incliner.

Drago l'emmena sur le vaste toit en terrasse, où des tables et des chaises étaient environnées de verdure. Il y avait de l'herbe — de l'herbe véritable sur un toit de New York ! Le balcon bordé d'arbres en pots regorgeait de fleurs. On ne voyait que le ciel, les plantes et le profil des immeubles au-delà des frondaisons de Central Park. Le spectacle était étonnant, et d'une surprenante beauté.

— Ce n'est pas la cuisine, fit-elle remarquer, se trouvant aussitôt un peu sotte.

Drago se mit à rire.

— Non, j'ai pensé qu'ici, ce serait mieux.

Ils s'attablèrent, et une domestique apporta un plateau de préparations salées : olives, tranches de rôti, petits croques en bouche au fromage, sandwichs au concombre, au jambon, chocolats fins pour le dessert. Exactement la collation dont Holly avait besoin.

Elle chargea son assiette, piochant dans les divers amuse-gueules, mais elle mangea avec délicatesse. Sa grand-mère lui avait appris à se tenir avec grâce.

Quand la domestique reparut avec une bouteille de vin, Drago versa dans leurs verres le liquide couleur de rubis.

— Château-margaux, dit-il. D'un excellent millésime. Tu devrais aimer.

Elle n'avait même pas idée de ce qu'était un château-margaux ! En revanche, elle s'y connaissait en senteurs et en saveurs. Elle leva son verre, fit un peu tourner le vin, puis le huma. Elle le goûta, et le trouva parfait. Mais elle n'avait évidemment jamais eu les moyens de s'offrir ce genre de bouteille.

Comme elle levait les yeux, elle vit que Drago l'observait, de son regard gris perçant, qu'elle soutint sans ciller. Elle n'était plus la Holly de l'année précédente, qui était presque paralysée en sa présence. Elle avait fait des progrès, depuis.

— Décris-moi ce vin, dit-il, en homme habitué à s'imposer.

Cette exigence impérieuse la hérissa.

— Goûte-le toi-même ! répliqua-t-elle.

Elle fut surprise de le voir éclater de rire.

— Tu t'es apparemment donné pour but de me contrarier !

— Sûrement pas. Si tu t'imagines que je te consacre une grande part de mes pensées, tu te trompes. Et je ne suis plus celle que tu as régentée l'an dernier. Alors, n'escompte pas que je me plie à tes volontés.

— Je ne t'ai forcée à rien, observa-t-il. Si j'ai bonne mémoire, tu voulais la même chose que moi. Tu la voulais même terriblement…

— Le vin est délicieux, déclara-t-elle en examinant la robe rubis du château-margaux. Les notes de tête sont la mûre et le cassis. La note de cœur, la rose, il me semble. Et la note de fond évoque le chêne et le café.

Drago fronça légèrement les sourcils.

— Oh ! je vois…, dit-il, manifestement impressionné. Tu me parles du vin parce que la tournure de la conversation commence à te gêner.

— Je ne suis *pas* gênée ! Mais je ne vois pas la nécessité de discuter du passé. J'aimerais autant l'oublier.

— L'oublier ? demanda Drago, les narines dilatées. Pourquoi voudrais-tu oublier une chose aussi magnifique ?

— Pourquoi pas ? Tu l'as bien fait, toi. Tu as refusé de m'entendre et tu m'as jetée dehors. Et tu m'as vite oubliée, après mon départ.

— Cela ne signifie pas que je n'ai pas pris plaisir à notre nuit commune.

— Je ne tiens pas du tout à en parler.

Parce que ce souvenir lui faisait terriblement mal. Parce que aussitôt, elle pensait à son fils innocent, et au fait que l'homme en face d'elle ignorait qu'il en était le père. Il n'avait même pas envisagé cette éventualité !

En fait, il pensait qu'elle avait couché avec lui dans le seul but de vendre ses parfums. Et qu'après avoir échoué, elle était repartie chez elle pour s'empresser de faire un enfant. Comme si elle avait une cervelle de moineau et la morale d'une chatte en chaleur !

Elle pouvait révéler la vérité, certes. Mais elle ne connaissait pas réellement Drago, et elle ne lui faisait pas confiance. Nicky était trop précieux à ses yeux pour qu'elle prenne un tel risque.

— Ce que tu vois autour de toi, dit-il en désignant la terrasse-jardin, n'a pas toujours été mon ordinaire. Je donne peut-être l'impression d'être né riche, mais il n'en est rien. Je sais ce que c'est, de travailler dur, et de vouloir quelque chose au point d'être prêt à vendre son âme pour l'obtenir.

Holly eut soudain la bouche sèche. Etait-il en train de… lever le voile sur un passé douloureux ?

— Navarra Cosmetics existe depuis plus d'un demi-siècle, observa-t-elle. Et tu es un Navarra.

— En effet. Cela ne signifie pas que je suis né avec une petite cuiller d'argent dans la bouche. Loin de là.

Il émit un soupir.

— Mais aujourd'hui, ceci est ma vie. Et je n'apprécie pas ceux qui veulent profiter de moi pour parvenir à leurs fins.

Holly accusa le coup. Elle comprenait parfaitement le message ! Elle eut envie de lui crier qu'il se trompait sur toute la ligne. Au lieu de quoi, elle repoussa sa chaise et se leva. Elle ne supportait décidément plus la morgue de cet individu.

— J'ai terminé, déclara-t-elle.

Elle comprenait bien qu'en réalité, il ne voulait rien lui confier du tout. Il n'était pas né dans l'opulence, disait-il. Et alors ? C'était tout de même un individu imbu de sa personne, qui ne voyait que ce qu'il voulait voir. Si elle n'avait pas eu à ce point besoin d'argent, elle l'aurait planté là.

Mais serait-il réellement affecté, si elle refusait d'être l'égérie de *Sky* ? Il trouverait quelqu'un d'autre. Et il finirait par se dire qu'elle n'aurait pas convenu à sa campagne publicitaire.

Si elle partait, Nicky serait le seul à en pâtir. Elle ne

s'en irait donc pas. Mais elle ne tolérerait pas non plus l'attitude de Drago. Pour le lui signifier, elle passerait le reste de la journée dans sa chambre.

Elle n'eut pas le temps d'esquisser un mouvement. Drago venait d'emprisonner son poignet entre ses doigts. Elle eut l'impression de recevoir une décharge qui se propageait dans toutes les fibres de son être. Quand il la touchait, son corps tout entier s'enflammait. Pourquoi n'avait-elle pas éprouvé de telles sensations avec Colin ? Pourquoi ne l'avait-elle pas désiré comme elle désirait Drago Di Navarra ?

Sa vie aurait été plus simple. Lisa Tate ne serait jamais entrée en scène. Nicky aurait été le fils de Colin. Ils se seraient mariés, auraient habité le cottage familial. Colin aurait dirigé son entreprise de jardinerie, et elle aurait composé des parfums pour la boutique qu'elle rêvait d'ouvrir. Ils auraient formé une famille idéale…

Hélas, il n'aurait jamais été possible de garder le cottage, elle le savait bien. Vu sa santé défaillante, sa grand-mère avait dû emprunter, hypothéquer la maison. Holly s'était rendue à New York dans l'espoir de sauver le seul foyer qu'elle avait connu…

Ce qu'elle avait pu être sotte ! Elle était repartie de New York sans le sou, enceinte, et seule au monde.

— Du moment que nous savons où nous en sommes, il n'y a pas lieu de se mettre dans un tel état, observa Drago. Assieds-toi et mange. Tu as besoin de forces. Je ne peux pas accepter que tu tombes malade.

Elle sentit, sous son étreinte, comme une brûlure sur sa peau. Elle eut à la fois envie de se libérer et de nouer ses bras autour de son cou. Décidément, elle divaguait ! N'avait-elle donc rien appris ? Elle détestait, elle méprisait Drago Di Navarra…

Mais… elle éprouvait aussi du désir pour lui. C'était insensé !

— J'ai fini, répéta-t-elle. Et j'apprécierais que tu me lâches.

Drago, les mâchoires serrées, parut la jauger un instant.

— Rassieds-toi, dit-il enfin. Nous devons discuter.

— Pas maintenant.

Il serra son poignet encore plus fort, puis la libéra tout à coup en lâchant une imprécation étouffée.

— Va donc, fuis comme une gamine ! Mais nous aurons une discussion sur ce que j'attends de toi. Et au plus vite !

Holly regarda les baies ouvertes sur la vaste terrasse. Elle n'avait qu'à les franchir, prendre Nicky, se réfugier dans la chambre. Mais à quoi bon repousser l'inévitable ? Elle devait lutter pour obtenir ce contrat avant que Drago ne change d'avis.

Elle se rassit dans une attitude hautaine, même si son cœur battait la chamade.

— Soit. Tu n'as qu'à parler, je t'écoute.

6.

Drago n'avait jamais rencontré une femme aussi exaspérante que Holly Craig. Elle était en face de lui, le soleil se jouant sur son visage, illuminant ses cheveux blond vénitien, et elle avait tout d'une fée, ingénue et douce.

Vision illusoire, cela dit. Car Holly n'était pas douce. Ni ingénue. En se remémorant la façon dont elle avait perdu son innocence, il sentait durcir son membre, surtout après ce récent contact avec sa peau satinée. Il refoula le souvenir de leurs ébats et se concentra sur son expression butée.

Quelle détermination, chez cette femme ! Son visage, à certains moments, reflétait un mélange de dureté et de lassitude. Elle était si différente de celle qu'il avait rencontrée…

A moins que la Holly Craig de l'année précédente n'ait été qu'un simulacre. Elle était vierge, certes, au moment de leur rencontre. Mais cela ne l'empêchait pas d'avoir eu des visées manipulatrices. Innocence sexuelle ne signifiait pas innocence totale. Peut-être avait-elle simplement masqué sa dureté. Les femmes étaient capables d'aller loin, pour jeter le grappin sur un homme riche.

Malgré tout, il tenait à ce qu'elle soit l'icône de *Sky*. Elle n'avait sans doute pas la splendeur d'un top model. Mais pour ce qu'il avait en tête, elle était la candidate idéale. C'était pour cette raison qu'il la supportait, qu'il tolérait son mépris et son refus de coopérer.

Drago avait toujours eu de l'intuition. Il était sûr que Holly Craig convenait parfaitement pour *Sky*. Et il s'assurerait de sa collaboration. Même s'il devait, pour y parvenir, subir son hostilité et la présence de son bébé chez lui. Quand ils seraient en Italie, il les installerait, elle et son fils, dans l'aile de la propriété opposée à la sienne. Cela lui permettrait d'oublier sa présence jusqu'à la fin des séances photos.

Holly avala un peu de vin, et il se rappela la description qu'elle lui en avait donnée. Elle n'avait jamais bu de château-margaux, il l'aurait parié. Pourtant, elle l'avait décrit à la perfection, après en avoir goûté une seule gorgée. Elle s'y connaissait en odeurs et saveurs, il devait le reconnaître. Mais cela ne suffisait pas. Etre une authentique créatrice de parfums, c'était une autre histoire.

— Dis-moi quelles étaient tes intentions lorsque tu es venue à New York, l'an dernier…

Elle plissa les paupières, comme si elle se demandait où était le piège.

— Je ne suis pas très sûre de te comprendre.

— Vraiment ? Tu avais une mallette d'échantillons de parfums. Tu faisais semblant d'être mannequin. Quel était ton but ? Que pensais-tu obtenir, une fois mon attention acquise ?

Elle rougit et son regard flamboya de colère. Il fut intrigué par cette réaction, sans savoir pourquoi.

— Parce que j'avais un dessein caché, c'est ce que tu insinues ? C'était pourtant un malentendu. Mais tu t'es gardé d'attendre une clarification.

— Et en quoi me suis-je mépris, *cara* ? Tu n'étais pas muette, que je sache… Tu as passé une soirée entière avec moi. Et deux grandes heures devant le photographe sans rectifier une seule fois l'impression générale : que tu étais là pour poser.

Holly le regarda bien en face, les yeux brillants et dilatés.

— J'aurais dû le faire. Mais tu me prenais pour un mannequin, et je n'ai pas osé te détromper. J'avais trop peur de perdre l'occasion de te parler.

— Tu as eu droit à mon attention pendant toute la soirée, souligna-t-il.

— Une attention très fluctuante, rétorqua-t-elle. Tu as répondu à une douzaine de coups de fil. Comment avoir une conversation sérieuse avec toi, dans ces conditions ?

— Oh ! C'est donc ça, ton excuse… Et ensuite ?

Drago n'aurait pas cru qu'elle pourrait s'empourprer encore plus. Ce fut pourtant le cas : elle devint cramoisie. Il en aurait ri s'il avait été moins courroucé. Cependant, en la voyant piquer un tel fard, il se rappela son mélange d'ardeur et d'inexpérience.

— Plus tard, nous étions… occupés, répondit-elle. Ça n'aurait pas été approprié.

Elle le regarda soudain fixement, les yeux étincelants, et continua :

— Tu n'as jamais pensé que je ne pouvais pas savoir que tu cherchais un mannequin ? Tu ne t'es jamais demandé comment j'avais pu atterrir dans ton entreprise ? Ça n'avait rien d'un coup monté. J'avais rendez-vous. En tout cas, je le croyais. Une amie de la femme du maire m'avait dit pouvoir arranger une entrevue. On m'a communiqué le jour et l'heure en précisant que tu m'accorderais dix minutes. J'y suis allée, bien sûr.

Il n'avait aucun souvenir de ce rendez-vous. Cependant, l'histoire était plausible. En revanche, cela ne changeait rien aux faits. Ni aux mensonges par omission de Holly.

— Tu as tout de même abusé de la situation, quand je t'ai prise pour le top model.

— Oui, répondit-elle avec un soupir d'exaspération, je le reconnais ! Mais tu m'avais ordonné de te suivre sans m'accorder la possibilité de discuter. J'ai préféré rester avec toi jusqu'à ce que l'occasion de te parler se présente.

Drago la regarda dans les yeux. En toute honnêteté, il devait reconnaître qu'il ne la croyait pas capable d'avoir monté cette supercherie. N'empêche qu'elle avait profité de l'occasion. Elle avait profité de lui. Et ça, c'était impardonnable !

— Il se peut que tu aies figuré sur mon emploi du temps… Mais, autant que je m'en souvienne, c'était une journée chaotique. Aucun des modèles qu'on m'avait envoyés ne convenait. J'avais demandé à ma secrétaire de réorganiser mon planning.

— Vu que je n'avais pas pris ce rendez-vous personnellement, elle ne risquait pas d'avoir mes coordonnées. Et puis, après avoir fait tout ce chemin, je n'allais pas repartir sans obtenir un entretien.

En effet… Elle l'avait attendu à la réception, si innocente et si peu à sa place… Il n'avait oublié ni le tailleur noir ni les escarpins roses. Il eut une sorte de pincement au cœur, un petit élan qu'il refusa d'examiner. Il n'allait pas non plus se remémorer ce qui s'était passé ensuite !

Il avait pu s'agir d'une erreur, il voulait bien l'admettre, mais elle avait eu amplement l'occasion de lui avouer la vérité… Au lieu de quoi, elle avait joué la comédie jusqu'au bout. Il revoyait encore son expression matinale, après leur folle nuit, son air de jubilation quand il l'avait interrogée sur la mallette.

Sa propre réaction avait été inévitable. Il avait revécu le désespoir, la peur et la solitude de son enfance. Et il avait détesté Holly parce qu'elle faisait resurgir ces sentiments. Comme elle le forçait à exhumer tout ce qu'il tenait à enfouir au plus profond de lui-même.

Contre ce danger, il n'avait eu qu'un recours : partir. Car elle l'avait pris au dépourvu et qu'il n'avait pas vu venir le coup. Il avait ressenti, avec elle, ce qu'il n'avait pas éprouvé depuis longtemps. Avec elle, il s'était presque laissé aller. Presque. Elle avait été si candide, contrairement aux femmes avec lesquelles il sortait d'habitude ! Avant leur rencontre, il ne savait même pas qu'il était capable d'aimer, chez une femme, l'absence de sophistication.

Holly l'avait trompé, ni plus ni moins. Elle s'était montrée aussi rouée que la plus pire des intrigantes, et son comportement lui restait en travers de la gorge. Il ne regrettait pas, au fond, de l'avoir jetée dehors.

Mais il regrettait qu'elle lui ait échappé avant qu'il ait vu les photos. Il avait envisagé de retrouver sa trace, alors, mais avait finalement décidé qu'il valait mieux abandonner.

— Et qu'espérais-tu obtenir d'un entretien avec moi ? voulut-il savoir. Un job ?

— J'avais espéré que tu t'intéresserais à *Colette*.

— *Colette* ?

— C'est le dernier parfum que nous ayons créé ensemble, ma grand-mère et moi. Il porte son prénom. J'avais espéré que tu l'achèterais pour le mettre sur le marché.

— Tu dois savoir que les grandes sociétés ne travaillent pas ainsi. A Navarra Cosmetics, nous employons plusieurs parfumeurs. Nous leur donnons des directions de recherche. Ils composent une fragrance qui correspond à nos attentes. Il arrive que nous créions des parfums avec des célébrités. Mais nous n'achetons jamais les créations d'un particulier.

— *Colette* est suffisamment remarquable pour que tu puisses t'y intéresser. Et je ne pouvais pas ne pas essayer.

Il admira presque sa détermination.

— Pourquoi ?

Elle détourna la tête. Quand elle se tourna de nouveau vers lui, il vit qu'elle avait les yeux humides.

— Parce que ma grand-mère était morte et que je ne voulais pas perdre sa maison. Je voulais honorer sa mémoire, et sauver la demeure de mon enfance.

Il éprouva un vague malaise.

— Et tu l'as perdue, cette maison ?

Il connaissait la réponse, vu la situation où il l'avait trouvée. Sinon, aurait-elle été serveuse dans un casino ? Avec un enfant à charge, qui plus est ?

— Oui, je l'ai perdue. Je ne pouvais pas payer les traites de l'hypothèque, et donc elle a été vendue. C'est un gentil couple qui l'habite, maintenant.

Drago n'avait pas eu de vrai domicile, dans son enfance. Mais comme il en avait désiré un ! Il avait onze ans lorsque son oncle l'avait enfin arraché à l'emprise de sa mère fantasque, et accueilli pour la première fois en Toscane. C'était ce qu'il avait connu de plus ressemblant à un foyer.

A cela près qu'il n'avait pas connu l'amour maternel, la chaleur d'une maison, le sentiment d'être à sa place… Son oncle s'était montré bon avec lui, et il lui en était reconnaissant. Mais il avait souvent été seul — ou avec des précepteurs —, vu que son oncle Paolo travaillait quasiment tout le temps.

— Où sont tes parents ? demanda-t-il à Holly.

— Je ne les ai pas connus. J'ignore qui est mon père, et ma mère est morte quand j'étais bébé.

Elle avait prononcé ces mots sans émotion particulière, mais il savait à quel point ils devaient être douloureux. Lui-même n'avait jamais connu son père, même si, bien sûr, il en connaissait l'identité. Il n'avait pas eu la chance, en revanche, de ne pas connaître sa mère ! Les stigmates qu'elle avait laissés étaient profonds.

— Et le père de ton enfant ? s'enquit-il, refoulant ses douloureux souvenirs. Pourquoi ne s'est-il pas manifesté pour t'aider ?

Elle prit une profonde inspiration, puis finit par répondre, d'une voix à la fois douce et mordante :

— Il ne voulait pas s'encombrer de ce fardeau, je suppose…

Il l'imagina enceinte, seule, sans toit, et il éprouva un mélange de colère et de compassion. De la colère, parce qu'elle lui rappelait sa propre mère ; de la compassion, parce qu'elle était seule à affronter une situation difficile.

Sa propre mère avait-elle vécu quelque chose de semblable ? Il n'avait jamais compris pourquoi elle était si inconstante, pourquoi elle s'agitait sans cesse, toujours en quête d'un but qui se dérobait… Peut-être aurait-elle été contrainte de s'installer quelque part, s'il n'avait pas été là, s'il n'y avait pas eu l'argent qu'elle obtenait grâce à lui — cet argent que versait son oncle Paolo pour qu'elle lui donne une éducation, mais qu'elle dépensait pour l'emmener loin des Di Navarra. Quand elle était à court, elle refaisait surface, la main tendue jusqu'à ce que Paolo remplisse la bourse, puis ils disparaissaient une fois de plus.

Holly n'agissait pas de même avec son enfant, certes. Mais elle avait laissé son bébé à une étrangère. Si le père lui avait versé de l'argent, l'aurait-elle dépensé pour combler un vide intérieur ? Ou bien aurait-elle posé ses valises quelque part pour se consacrer à son bébé ?

— On peut demander une pension alimentaire par voie de justice, observa-t-il doucement. Tu aurais pu obtenir un peu d'aide pour ton bébé. Je me demande pourquoi tu ne l'as pas fait.

Un flamboiement anima son regard.

— A t'entendre, tout est simple. Mais un avocat, ça touche des honoraires, non ? Vu que je ne pouvais pas payer les traites de l'hypothèque, je n'avais pas non plus d'argent pour un avocat !

— Donc, tu as accepté un job de serveuse.

Il n'avait pu s'empêcher de parler d'un ton réprobateur. Elle aurait sûrement pu trouver autre chose, non ? Un métier plus stable pour son enfant.

— Oui, répondit-elle en relevant le menton. Après avoir quitté New Hope. Je suis allée à La Nouvelle-Orléans et j'ai trouvé un emploi au casino. Les pourboires étaient bons, et j'avais besoin d'argent…

— Mais ça ne suffisait pas pour louer un logement décent.

— Tout le monde n'est pas aussi chanceux que toi.

— Les alouettes ne me sont pas tombées toutes rôties dans le bec, *cara*. J'ai travaillé, pour arriver où j'en suis.

— Peut-être, mais tu avais tous les atouts en main au départ.

— Tous, sûrement pas.

Pendant les onze premières années de sa vie, il n'en avait même eu aucun. Bon sang, dire qu'il ne savait même pas lire, quand son oncle l'avait enlevé à sa mère pour lui donner une éducation !

— D'ailleurs, continua-t-il, lorsque nous en aurons

fini tous les deux, tu auras de quoi installer ton bébé dans un endroit sûr.

— De quel droit oses-tu suggérer que je mettais mon bébé en danger ? demanda-t-elle d'une voix tendue. Ce n'est pas parce que je n'ai pas les moyens de louer une maison du même modèle que la tienne, que mon fils n'est pas à l'abri !

Elle vibrait de colère et d'énergie. Et elle relevait le menton d'un mouvement qu'il commençait à aimer. Quel feu chez cette femme !

Ils avaient fait des étincelles, l'année précédente. Qu'est-ce que ce serait, aujourd'hui ?

Il s'empressa de refouler cette pensée, et examina son ravissant visage. Elle allait rapporter beaucoup d'argent à Navarra Cosmetics, s'il voyait juste. Et son instinct ne le trompait pas, en général. Il n'allait pas gâcher cette perspective en se liant de nouveau avec elle, si tentant que ce fût. Il pensa plutôt à l'immeuble où il l'avait trouvée, à l'affreuse désolation des lieux, et un regain de colère le souleva.

— Veux-tu que ton bébé grandisse dans cet endroit ? lui demanda-t-il. Veux-tu que Mme Turner le garde tous les soirs tandis qu'il pleure et se demande où est sa mère ? Veux-tu qu'il te voie seulement quelques minutes par jour ?

— Bien sûr que non ! s'écria-t-elle avec passion. Je veux qu'il ait une maison, et qu'il aille dans une bonne école. Je veux que Nicky ait tout ce que j'ai eu en grandissant. J'ai bien l'intention de le lui apporter.

Drago, tendu à l'extrême, avait l'impression d'être un volcan sur le point d'entrer en éruption. Il ne savait pas pourquoi le sort de Holly et de son enfant l'affectait à ce point, mais il n'aimait pas ça. Il tenta de contenir les sentiments qu'elle déchaînait et déclara enfin, quand il se sentit d'humeur moins explosive :

— Tu y arriveras peut-être. As-tu idée de la rémunération en vigueur pour une campagne publicitaire ?

Elle fit signe que non.

— Cela peut atteindre et dépasser les 100 000dollars. Mais il faudra d'abord voir ce que donnent les photos tests.

Car, même s'il avait de la peine pour elle et le bébé, il ne lui verserait pas une telle somme sans rien obtenir en échange. Il aurait fait banqueroute depuis longtemps, s'il s'était laissé influencer par ses sentiments pour prendre ses décisions.

Elle avait écarquillé les yeux en entendant la somme. Et elle déclara, d'un air déterminé :

— J'espère avoir droit à un contrat clair et net.

Holly avait impérativement besoin de ce travail, et dépendait en cet instant de son bon vouloir. Pourtant, elle n'hésitait pas à se montrer exigeante ! Il devait admettre qu'il admirait sa ténacité.

— Tu ne me fais pas confiance ? demanda-t-il avec une intonation presque menaçante.

— Je devrais ? répliqua-t-elle d'une voix doucereuse.

— As-tu le choix ?

— Je suppose que non.

— C'est bien ce qu'il me semble, confirma-t-il en se mettant debout. Mais tu l'auras, ton contrat.

Soudain, il se pencha vers elle, les mains sur la table :

— Et si les termes ne te conviennent pas, on te ramènera là où je t'ai trouvée, sans te verser le moindre centime.

Habituée à travailler dur et à veiller sur son bébé, Holly trouvait irréel d'être désœuvrée dans l'appartement de Drago, avec une nounou pour l'aider à s'occuper de son fils. Elle tenta de lire, d'écouter de la musique. Aucune de ces occupations ne la retint bien longtemps. Elle serait volontiers partie se promener, mais elle redoutait de se perdre dans les rues de New York. Elle resta donc devant la télévision, et zappa d'une émission à l'autre.

Elle songea que son agitation était sans doute due à l'arrêt brutal de sa vie trépidante. Cependant, elle s'avoua vite que c'était Drago qui la suscitait. Ne l'avait-il pas menacée de la ramener à La Nouvelle-Orléans et de la laisser là où il l'avait trouvée ? Sa menace l'avait glacée, et elle était exaspérée par son despotisme, sa morgue, sa certitude d'avoir été dupé. Mais elle ne pouvait se laisser aller à sa colère, et risquer du même coup de perdre l'opportunité qu'il lui offrait.

Elle était effrayée de se découvrir si dépendante, depuis qu'il lui avait fait miroiter une somme si importante. La veille, elle n'avait éprouvé pour Drago que de l'hostilité. Pourtant, il l'avait enjôlée, avec sa promesse d'une meilleure existence pour elle et son enfant. A tel point qu'elle se sentait presque mal, à présent, à l'idée de manquer cette occasion.

Comme s'il suffisait qu'elle pense à lui pour qu'il apparaisse, Drago entra dans le séjour, superbe dans son smoking. Elle sentit aussitôt son cœur s'emballer.

Elle ne savait pas où il se rendait, ni en compagnie de qui. Mais l'idée qu'il danserait avec une belle femme lui transperça le cœur.

Pourquoi, cela dit ? En quoi ce qu'il faisait la regardait-il ? Redressant le menton, elle le dévisagea, attendant qu'il parle. Car il avait quelque chose à lui dire, c'était clair.

— Je dois sortir, annonça-t-il sans préambule.

— Je vois ça. Passe une bonne soirée.

Ignorant sa réplique, il vint se percher sur le bras du fauteuil face à elle. Elle tenta de se concentrer sur l'écran de télévision, derrière lui, mais ce fut peine perdue.

— Nous devons parler, continua-t-il.

Elle eut un coup au cœur. Allait-il la renvoyer sans autre forme de procès ? Si c'était le cas, elle le lui ferait payer cher. Elle qui avait plaqué son travail pour le suivre !

Il ajusta le tombé de son smoking, tira sur les manchettes de son veston d'un air détaché et indifférent.

— As-tu un passeport ?

— Euh… je… non, lâcha-t-elle, déconcertée.

— Il va falloir y remédier, alors. Le plus vite possible.

— Pourquoi ?

— Parce que nous partons en Italie, *cara*.

En Italie ? pensa-t-elle, soudain effrayée.

— Mais pourquoi ?

— C'est là qu'auront lieu les prises de vue pour *Sky*. Parce que je suis le patron et que j'en ai décidé ainsi.

— Tu n'es pas mon patron !

Pourquoi aurait-elle toléré son arrogance ? Elle avait accepté de participer à la campagne publicitaire, mais pour le moment, elle n'avait ni commencé à travailler ni signé le moindre contrat.

— Vraiment ? demanda-t-il. Je croyais que celui qui verse le salaire dirigeait les opérations.

— Tu n'as pas encore versé le moindre centime.

— Tu n'es pas arrivée à New York par un tour de passe-passe. Et Sylvia ne travaille pas gratuitement.

Consciente que tout cela coûtait de l'argent, en effet, elle rétorqua néanmoins :

— Je ne t'ai pas demandé de l'engager.

— Non, mais je n'envisageais pas pour mes affiches publicitaires une composition du genre *Vierge à l'enfant*.

— Je ne partirai pas sans contrat, dit-elle belliqueusement.

— Il faut du temps pour rédiger en bonne et due forme un document légal. Je n'ai pas une pile de contrats toute prête, où piocher en cas de besoin. Sois sûre que tu en auras un. Mais cela ne réglera pas la question du passeport. Il t'en faut un, et pour le bébé aussi.

Elle accusa le coup. Elle ne connaissait pas les démarches pour obtenir un passeport, mais devina qu'il faudrait fournir des informations qu'elle préférait taire à Drago : elles pourraient lui mettre la puce à l'oreille.

— Je ne vois pas pourquoi les prises de vue n'ont pas lieu ici comme la première fois, fit-elle valoir.

— J'ai une autre vision des choses, et l'Italie est le cadre adapté.

— Ce serait du gaspillage. Central Park est tout proche, et c'était si ravissant…

Il se leva, et elle sentit qu'il la fixait. Quand elle leva les yeux, elle fut troublée par l'intensité de son regard. Il y avait dans ces iris gris quelque chose de brûlant, de secret, d'envoûtant. Elle déglutit avec difficulté.

— J'apprécie que tu te soucies des coûts, dit-il avec un soupçon de sarcasme, mais je peux m'offrir ce que je veux. Et ce que je veux, c'est toi en Italie.

— Alors, j'imagine qu'il faut des passeports, soupira-t-elle.

— Oui. Je prendrai des dispositions. Pour l'instant, si tu veux bien m'excuser, j'ai un rendez-vous.

Elle en eut le cœur serré, mais réussit à lui adresser un pâle sourire. Le fait de se trouver dans cet appartement lui rappelait la passion et le plaisir, le délice divin d'être possédée par lui. Une autre femme en ferait l'expérience, ce soir, tandis qu'elle, à quelques pas de la chambre où il lui avait fait découvrir la fusion entre un homme et une femme, s'agiterait dans son lit en l'imaginant avec une autre — dévorée de désir et de nostalgie.

— Amuse-toi bien, dit-elle en zappant de chaîne en chaîne pour se donner une contenance.

Drago s'attarda un instant, les mains dans les poches, puis s'en alla. Des larmes montèrent aux paupières de Holly, qui les essuya d'un revers de manche rageur.

Drago ne s'amusait guère. Sa présence à ce gala de charité au Metropolitan Opera était attendue, mais son attention était ailleurs. Sa compagne, une héritière rencontrée à un dîner d'affaires, l'ennuyait. Il ne s'était pas ennuyé, pourtant, lorsqu'il avait fait sa connaissance…

Elle était belle, s'exprimait bien, soutenait de nombreuses causes humanitaires. Mais ce soir, il voyait au-delà des apparences. En fait, elle s'impliquait pour s'occuper, pour répondre à l'attente des autres et se retrouver en vedette.

Mais au fond, les gens lui importaient peu. Son altruisme était de pure façade.

Ce soir, il était frappé par son besoin de s'afficher avec lui, par ses commentaires malveillants sur certains invités, comme si elle valait mieux qu'eux, comme si lui aussi leur était supérieur, et qu'il devait être mis en garde à leur sujet.

Le plus déconcertant était que tout cela ne l'aurait pas dérangé quelques jours plus tôt. Mais à présent, alors qu'il repensait à Holly dans ce misérable appartement, en train de donner le biberon à son bébé, quelque chose lui étreignait le cœur. La lutte pour la survie, le dénuement, Holly savait ce que c'était. Alors que Danielle, sa compagne, n'en avait pas la moindre idée.

Lui, il savait. Il avait connu la misère. Dépendre de la charité des autres, mendier et se débattre pour survivre, il avait connu ça. Et il n'arrivait plus à refouler ce souvenir depuis que Holly Craig avait resurgi dans sa vie.

— Drago, tu m'écoutes ?

Il regarda la jeune femme parée de bijoux qui l'accompagnait et, soudain, il eut presque une sensation de nausée. Il ne voulait pas perdre son temps avec une égoïste. Une profiteuse. Il était consterné de ne pas l'avoir percée à jour plus tôt.

Ce soir, c'était avec Holly qu'il voulait être. Holly, elle, était directe et franche. Elle ne l'avait pas toujours été avec lui, certes ! Mais les choses avaient changé. Elle savait où ils en étaient, tous les deux, et elle n'essayait plus de le tromper. Entre eux, il n'y avait pas de faux-semblants. Elle disait ce qu'elle pensait.

Elle semblait certes n'avoir aucune sympathie pour lui. Mais elle le désirait.

Il le savait car, en sa présence, elle avait le souffle plus court, elle détournait les yeux comme si elle ne voulait pas être surprise en train de le regarder. Elle rosissait et sa respiration se précipitait. Ce n'étaient pas précisément des signes de haine.

— Je t'ai entendue, répondit-il à Danielle. Désolé, mais je dois partir. J'ai un autre engagement.

— Mais je croyais…, commença-t-elle.

— *Ciao, bella*, coupa-t-il en lui faisant un baisemain. C'était un plaisir de te revoir.

Puis, sans lui laisser le loisir de placer un mot, il s'éloigna et sortit. Son immeuble n'étant pas éloigné, il préféra s'y rendre à pied. Il avait besoin d'évacuer cette étrange passion pour Holly Craig. Ce n'était pas commode d'éprouver du désir pour une femme qu'on avait chassée de sa vie…

Le calme régnait dans l'appartement quand il entra. A peine 21 h 30. Pourtant, la télévision était éteinte, il n'y avait personne dans le séjour, pas de bébé en train de jouer, environné de jouets. Bizarrement, il en fut déçu. Lorsqu'il était arrivé, un peu plus tôt, et avait vu Sylvia en train de distraire l'enfant pendant que Holly préparait un biberon, ce spectacle lui avait réchauffé le cœur. A présent, il éprouvait un vide, comme si ce sentiment réconfortant était lié à la présence de Holly et de son fils.

Un bruit venu de la cuisine l'alerta. A cette heure, ses domestiques étaient rentrés, et il ne pensait pas que l'un d'eux s'y attardait encore. Il se figea en voyant, devant le plan de travail, une silhouette féminine dont les longs cheveux blonds étaient réunis par un chouchou. Elle portait un pantalon de yoga et un ample T-shirt d'un rouge délavé par les lessives. Elle ouvrit le micro-ondes, en sortit un saladier rempli d'eau chaude et y plaça un biberon.

Il eut alors comme un coup au cœur. L'absence d'épouse et d'enfant dans sa vie ne lui avait jamais fait éprouver un sentiment de manque. Il ne savait pas établir avec un autre être une relation d'intimité, il ne savait pas combler la distance. Il s'était toujours tenu à la lisière des choses, tel un spectateur.

Jusqu'ici, cela ne l'avait jamais dérangé. Cette impression soudaine d'être un étranger chez lui n'était pas agréable. Il l'éprouvait, pourtant, avec une acuité presque douloureuse.

7.

Comme guidée par un sixième sens, Holly sentit qu'elle n'était plus seule. Elle sut aussitôt de qui il s'agissait, sans avoir besoin de se retourner.

Elle pivota avec une décontraction étudiée, même si son cœur battait à grands coups. En voyant Drago, elle fut toute retournée. Ses yeux gris brûlaient d'un feu intense. Il avait l'air… cafardeux, comme s'il avait passé une mauvaise soirée. Comme si quelque chose était allé de travers.

Malgré elle, Holly se réjouit à l'idée que son rendez-vous s'était mal passé.

Les mains dans les poches, il avança vers elle — viril, beau et terriblement sexy.

— Tu rentres tôt, observa-t-elle d'une voix aussi détachée que possible, et pourtant un peu sourde.

— Comment pourrais-tu le savoir ? Tu ne connais pas mes horaires, que je sache…

— C'était juste une supposition, dit-elle en vérifiant la température du biberon, pas encore tiédi. Tu ne m'as jamais donné l'impression d'être du genre à te coucher avec les poules.

Il haussa les sourcils, et elle sut qu'il ne laisserait pas passer cette remarque. Elle s'empourpra.

— Oh ! je suis tout à fait du genre à me précipiter sous la couette ! Parfois, même, je préfère ne pas sortir pour aller directement au lit.

Elle fit semblant de ne pas saisir le sous-entendu, et lança d'un ton de raillerie :

— Quel drame pour toi ! Un riche et dynamique P.-D.G. d'une grande entreprise de cosmétiques a besoin de parader en public !

— Il y a un temps pour tout, *cara mia*, dit-il d'une voix basse et sexy qui fit naître des frissons sur son corps.

Elle avait passé ces dernières heures à penser à lui, à se demander s'il valsait sous les étoiles avec une beauté qu'il envoûtait, comme il l'avait envoûtée l'année précédente. C'était un homme fascinant, quand il le voulait. Et elle s'était sentie déprimée à l'idée qu'il charmait une autre femme.

Mais peut-être éprouvait-elle ces sentiments parce qu'elle se trouvait de nouveau dans son appartement, où ils avaient fait l'amour un an plus tôt. Il était naturel qu'elle soit troublée, dans un tel environnement. Ce trouble se dissiperait sans doute une fois qu'elle serait partie.

Il se rapprocha, et elle fut enveloppée par son odeur. Le parfum de son eau de toilette, subtil et raffiné, se mêlait à sa senteur intime. Elle eut envie de se tourner vers lui et de lover sa tête contre son torse, de glisser ses doigts sur la bande satinée des revers de son veston, de faire comme si, pour un instant, il lui appartenait.

— Oui, il y a un temps pour tout, répéta-t-elle, et là, il est l'heure du biberon de Nicky.

Sa voix trembla plus qu'elle ne l'aurait voulu alors qu'elle vérifiait une fois encore la température du biberon, qui était presque prêt. Elle le replaça dans l'eau avec des doigts frémissants, puis fit volte-face et s'appuya au plan de travail.

— Alors, parle-moi un peu de ta soirée… C'était bien ? Tu as vu des gens intéressants ?

— Intéressants ?

— Des stars de cinéma… Je ne sais pas, moi…

— Il y en avait peut-être, répondit-il en haussant les épaules. Je n'y ai pas prêté attention.

— J'imagine que pour toi, tout ça est lassant, dit-elle avec une pointe de raillerie. Porter des vêtements chic, boire du champagne, savourer des amuse-gueules gastronomiques et frayer avec les célébrités… quoi de plus banal que la grande vie !

— En fait, c'est parfois ennuyeux. Surtout quand on se retrouve avec des gens creux et égocentriques.

Holly lui aurait volontiers répliqué qu'il en faisait partie, mais elle n'y parvint pas. Parce que Drago, en cet instant, semblait un peu perdu. Et plutôt triste. Elle ne savait pas très bien pourquoi, mais au moment où elle s'était retournée, elle avait eu l'impression de voir une âme perdue et solitaire.

C'était totalement saugrenu, vu que Drago Di Navarra n'avait pas d'âme ! Elle tenta de ranimer sa colère contre lui, mais en vain.

— Des gens creux, il y en a partout, dit-elle. Je pourrais te raconter des choses sur le casino, crois-moi…

— Mais il y a aussi des gens comme toi, reprit-il avec un regard brûlant et aigu.

Elle sentit son pouls s'accélérer, et déglutit pour faire disparaître le nœud qui lui bloquait la gorge.

A sa grande surprise, il fit un pas et posa les mains sur ses épaules. Un frisson la parcourut, s'attardant sur son épine dorsale avec une lenteur paresseuse, laissant dans son sillage une sensation d'embrasement.

Ah, non, pas ça…

La dernière fois qu'elle lui avait permis de la toucher, elle l'avait payé cher. Elle avait terriblement souffert, quand il l'avait chassée. Quand elle avait compris qu'elle ne le reverrait plus. Quand il avait piétiné son cœur naïf. Elle n'était pas amoureuse de lui, alors — comment le serait-elle devenue en une seule nuit ? —, mais il lui avait donné le sentiment d'être merveilleuse, belle, unique. Et elle avait pleuré parce que le rejet de Drago signifiait qu'elle n'était rien de tout cela. Elle ne voulait pas subir de nouveau une pareille humiliation…

— Qu'est-ce que ça signifie ? demanda-t-elle.

— A ton avis ?

Déconcertée, en proie au doute, elle lâcha :

— Que tu essaies encore une fois de me séduire.

Il se mit à rire, et cela lui fit chaud au cœur. Elle aimait le rire de Drago. Quand il riait, il paraissait plus ouvert, plus insouciant. Il était en général beaucoup trop sur ses gardes, beaucoup trop froid. Quand il riait, elle parvenait à le prendre en sympathie.

— *Dio*, tu sais que tu m'amuses, *cara* ? J'ai peut-être été trop hâtif, l'an dernier…

Il laissa glisser les mains le long de ses bras, lentement, sensuellement.

— Et pourtant, nous voici là, avec toute une soirée devant nous…

Sa voix était enivrante, profonde et embrumée, évocatrice d'ébats sensuels. Evocatrice d'un plaisir si intense qu'elle l'avait sans doute magnifié dans son souvenir.

Elle serra les poings, s'obligeant à se rappeler que les avances de Drago lui promettaient d'abord de la souffrance. L'aventure s'était mal terminée la dernière fois, et ne se terminerait pas mieux cette fois-ci.

— Désolée, Drago, il est trop tard. Tu as perdu l'occasion de m'enchaîner à toi. Aujourd'hui, je ne suis l'esclave que d'un seul homme : il est haut comme trois pommes et il attend son biberon.

Drago laissa glisser les mains le long de ses bras avant de la libérer tout à fait. En un sens, elle fut blessée de le voir accepter sa rebuffade. Comme s'il n'avait pas réellement voulu d'elle.

— Il a de la chance d'avoir une maman si dévouée…

— Je m'efforce de l'être, dit-elle, baissant les yeux avec un sentiment de honte. Je pourrais sûrement faire mieux.

Drago glissa deux doigts sous son menton pour lui relever le visage, et posa sur elle un regard perçant.

— Qu'est-ce qui te fait dire ça ?

Des larmes jaillirent des yeux de Holly, qui ferma brièvement les paupières. Non, elle ne pleurerait pas ! Elle ne ferait pas preuve de vulnérabilité devant cet homme !

— J'ai tellement travaillé…, répondit-elle d'une voix rauque. Je n'ai pas toujours été là pour lui. Je détestais le laisser à une nounou. Je détestais l'endroit où on vivait. Mais je ne pouvais pas y remédier.

— Les choses auraient pu être pires, crois-moi, soupira Drago. Tu as fait de ton mieux.

Elle fut remuée par l'expression qu'il affichait en cet instant. Sombre. Désolée. Comme s'il savait par expérience de quoi il parlait.

— Nous n'étions pas à la rue et nous avions de quoi manger, dit-elle.

Une nouvelle ombre passa sur le visage de Drago, et elle sentit son cœur se serrer. Elle faillit lever une main et la poser sur sa joue, le caresser comme elle l'avait fait un an plus tôt. Mais il recula d'un pas, restaurant une prudente distance entre eux.

— Et maintenant, tu vas de l'avant. En travaillant pour moi, tu pourras prendre un nouveau départ, Holly.

— C'est pour ça que je suis ici.

— Tu aurais dû demander l'aide de son père, fit-il remarquer, tendu. Il n'aurait pas dû te laisser te battre toute seule.

— Je ne pouvais pas, répliqua-t-elle d'une voix étranglée. Il… s'était rendu indisponible.

Tout à coup, Drago sembla furieux.

— Il est marié ?

D'abord, elle fut trop stupéfaite pour réagir. Puis elle hocha la tête, très vite. *Mais que fais-tu ?* lui cria une voix intérieure scandalisée. Pourquoi s'obstinait-elle à mentir ? Pourquoi ne disait-elle pas la vérité, tout simplement ?

Drago serait bien capable de comprendre, non ? Ne venait-il pas de dire qu'elle avait fait de son mieux ? Il l'aiderait. Il serait un père pour leur fils…

Non. En réalité, elle n'avait aucune certitude à ce sujet. Elle ne savait pas du tout comment il réagirait à un aveu. Et s'il ne la croyait pas ? S'il la jetait dehors une fois de plus, avant d'avoir écouté le moindre mot ? Elle avait trop besoin d'argent pour risquer de perdre ce contrat. Il lui fallait penser d'abord à son fils. Tant qu'elle ne serait pas en possession d'un document signé, elle ne pouvait courir le risque de la franchise. Elle devait avant tout protéger Nicky.

En voyant le regard dur de Drago, elle eut le cœur terriblement serré. *C'est ta faute*, lui murmura la voix intérieure. Elle n'aurait pas dû se soucier de ce qu'il pensait, mais elle découvrait qu'elle y attachait de l'importance.

— Si tu es déçu, j'en suis désolée, dit-elle d'une voix près de se briser.

— Déçu ? Tu n'y es pas du tout, Holly ! Je me disais que cet homme est un salaud de t'avoir laissée dans une situation si précaire…

Il avait soudain l'air féroce, comme s'il était prêt à combattre pour elle et pour Nicky. Le sentiment de culpabilité qui la rongeait devint encore plus profond, plus fort, plus difficile à refouler. Elle supportait mieux Drago lorsqu'il était arrogant et autoritaire. Son empathie la désarmait complètement.

— Je ne l'ai pas prévenu, lâcha-t-elle.

L'expression de Drago se mua en surprise. Elle comprit alors qu'elle s'enferrait de plus en plus !

— Cet homme ignore qu'il a un fils, c'est ça ?

— J'ai essayé de l'avertir, m… mais il n'a rien voulu entendre. Il n'a rien voulu savoir.

Drago parut abasourdi, comme si cette idée ne lui avait jamais traversé l'esprit. Holly se retourna pour prendre le biberon. Elle ne supportait plus d'être là, de s'enliser de plus en plus dans le bourbier des demi-vérités et des mensonges. Elle s'enfonçait dans un abîme dont elle ne pourrait jamais remonter.

— Il faut que je donne son biberon à Nicky…

Lorsqu'elle s'élança vers le seuil, Drago la retint par le coude.

— Il est encore temps de contraindre cet homme à assumer ses responsabilités.

— Non, répondit-elle avec brusquerie. Il est trop tard.

*
* *

Drago, assis à son bureau, revoyait l'expression de Holly quand elle lui avait parlé du père de son bébé, la veille au soir. Elle avait semblé si honteuse, si vulnérable… Il avait eu envie de la serrer entre ses bras et de la rassurer, de lui dire que tout irait bien.

Il avait envisagé un moment d'aller trouver cet homme pour le forcer à reconnaître son fils. Mais la réaction de Holly avait été révélatrice : elle avait peur de cet individu. Alors, même s'il avait envie de dénicher ce salaud pour lui flanquer une raclée parce qu'il avait fait du mal à Holly, il n'allait pas insister sur ce sujet.

D'ailleurs, si le père se faisait connaître, il ferait partie de la vie de Holly. Et lui, Drago, ne serait plus seul en scène. Cette idée lui déplaisait, sans qu'il sache pourquoi. Il n'avait pas la moindre envie de partager Holly avec un autre.

Il émit un profond soupir. Mais non, ce n'était pas le problème ! Quelle absurdité ! Ils avaient passé ensemble une nuit torride, une nuit fabuleuse. Mais Holly avait un bébé, maintenant. Et il se voyait mal avec une femme qui devait assumer la charge d'un enfant.

Cette situation était minée. Oui, il désirait coucher avec elle. Il avait envie de revivre ce qu'ils avaient vécu ensemble, pour s'assurer que son merveilleux souvenir ne le trompait pas.

Mais c'était impossible. La veille, elle avait montré une vulnérabilité émouvante qui lui avait serré le cœur. Il l'avait vue effrayée, désorientée, inquiète. Il ne voulait pas de ce genre d'intimité. Il voulait une relation sensuelle sans implications affectives. Et, pour le moment, Holly Craig en était incapable.

Il se retourna pour contempler la ville au-delà des vastes baies. Il aimait New York, son animation incessante. Mais il aspirait à un endroit où la vie était plus paisible. Il avait une folle envie d'emmener Holly et son bébé en Italie.

Pour cela, il fallait s'occuper des passeports. Drago ouvrit le courriel de sa secrétaire, qui l'informait des moyens d'accélérer les démarches. Il en prit note, puis passa au courriel suivant.

Il contenait les chiffres de vente du trimestre. Navarra Cosmetics faisait un carton grâce à la nouvelle ligne de soins destinée à la femme mûre. Ils avaient lancé une gamme de maquillage dont le succès était très vif. Pour les parfums également, les résultats étaient bons. D'autres que lui se seraient frottés les mains de satisfaction. Mais il ne pouvait oublier que le nouvel emblème de la marque, *Sky* ne marchait pas aussi fort qu'il l'aurait voulu.

Il réfléchit un moment, puis il éteignit son ordinateur et quitta son bureau en informant son assistante qu'il ne reviendrait pas de la journée. Comment aurait-il pu se concentrer, alors qu'il ne songeait qu'à remodeler la campagne publicitaire de *Sky* ?

Et, pour y parvenir, il avait besoin des passeports de Holly et de son fils.

Lorsque Drago arriva à son appartement, une demi-heure plus tard, il n'était toujours pas près de comprendre l'étrange attraction que Holly exerçait sur lui, ni pourquoi il se mettait en devoir d'accomplir une tâche digne d'un subordonné.

Quand il entra dans le séjour et la vit en train de jouer avec son bébé, il éprouva la même sensation doucement réconfortante que la première fois.

— *Ciao*, Holly, dit-il en déposant sa mallette sur une table.

Elle sourit, mais ce sourire ne se refléta pas dans son regard.

— Je ne t'attendais pas avant plusieurs heures.

— Je suis le patron, et je décide de mes horaires, répondit-il en haussant les épaules.

Holly sourit à son bébé et, cette fois, Drago constata que son sourire était sincère. Il n'allait quand même pas se laisser troubler par ce détail…

— Ce doit être bien agréable d'être son propre maître, commenta-t-elle.

Elle continua à dire des mots tendres au bébé, qui répondit par un gazouillis et un grand sourire. Drago le regarda alors qu'il attrapait un chat en peluche et en suçotait l'oreille. Il avait vu des bébés, dans la communauté où sa mère l'avait emmené, à une époque. Mais il n'avait jamais eu de relations avec eux. On attendait des enfants plus âgés qu'ils prennent soin des bébés pendant que leurs parents travaillaient dans les carrés du potager — ou passaient leurs soirées en beuveries. Mais Drago s'était rebellé. Il avait refusé de s'occuper des tout-petits. Il avait donc dû cueillir les légumes, biner et sarcler le potager…

Réprimant un frisson, il s'installa dans un fauteuil. Holly fit un mouvement pour prendre son fils.

— Je vais emmener Nicky pour que tu sois tranquil…

— Non, laisse. Tu peux rester.

Comme elle soupirait, il ajouta :

— S'il te plaît… J'ai à te parler.

Elle reposa l'enfant, qui expédia le chat par terre, puis s'empara d'une banane en peluche et la mordilla.

— Je t'écoute.

— As-tu une copie de son acte de naissance ?

— Pourquoi ? demanda-t-elle en pâlissant.

Drago sentit que quelque chose lui échappait. Mais du diable s'il savait quoi !

— Pour son passeport, expliqua-t-il. Nous devons l'amener au bureau des passeports. Il faut qu'il soit présent, vu que c'est la première fois qu'on établit ce document.

— Bon…

— Le père figure-t-il sur l'acte de naissance ?

De nouveau, Holly dressa la tête. Il y avait de la peur dans ses jolis yeux bleus. Drago eut un élan d'indignation farouche. En cet instant, il voulait, plus que tout, qu'elle se sente à l'abri, protégée du salaud qui les avait abandonnés, elle et son fils.

— S'il y figure, il faut qu'il donne son accord pour

que tu fasses sortir le bébé du pays, expliqua-t-il. Sinon, c'est sans importance.

— Non, il n'y figure pas. Il aurait fallu qu'il soit là pour signer, et ça ne risquait pas d'arriver.

— Parfait, dit Drago, avec un sourire pour la rassurer. Alors, tu peux être tranquille. Il n'y aura aucun problème.

Elle se tourna vers son bébé, et il eut un pincement au cœur. Elle aimait tant cet enfant ! Comment les choses se seraient-elles passées, si lui-même avait eu une mère aussi aimante ? Une mère qui aurait agi pour son bien, au lieu de ne penser qu'à elle ? Il ne le saurait jamais…

— Tu n'as pas à t'inquiéter, assura-t-il. Tout ira bien.

Mais Holly ne semblait décidément pas tranquille.

8.

Non, tout n'ira pas bien, pensa Holly, une fois qu'elle fut montée dans la limousine avec Drago. Nicky bien installé dans son porte-bébé, ils roulaient à bonne allure dans les rues de New York. Elle avait dans son sac les formulaires qu'elle venait de remplir, ainsi que l'acte de naissance.

Elle revoyait encore l'encadré qui lui avait serré le cœur : « nom des parents ». Elle n'avait mentionné que le sien car, pour figurer sur l'acte de naissance, en Louisiane, le père devait être présent à la signature. Drago ne figurait donc pas sur celui de Nicky.

Pourtant, Holly s'inquiétait. Et si le bureau des passeports exigeait des informations complémentaires ? Et si Drago était présent à ce moment-là ? Comment pourrait-elle répondre ?

Le contrat n'était toujours pas établi, et cette démarche pouvait tout compromettre. Elle pouvait, en un rien de temps, se retrouver sur le chemin du retour à New Hope, dans la même situation qu'une semaine plus tôt. Elle ne reverrait jamais Drago, alors. Cette pensée lui serra le cœur.

— Qu'est-ce qu'il y a, Holly ?

Elle se tourna vers Drago, qui la scruta du regard. Elle sourit à retardement, essayant de dissimuler sa détresse.

— Rien, dit-elle.

— Je ne te crois pas.

— Pense ce que tu veux, mais je t'assure que ça va.

— Est-ce que ça irait mieux si je te disais que mes avocats ont finalisé ton contrat ?

Le cœur de Holly fit un bond. Le contrat ! Si seulement elle l'avait déjà signé, elle ne se serait pas fait autant de souci. *Non, erreur...* Elle aurait tout de même été inquiète. Puisqu'elle n'avait pas cessé de mentir à Drago depuis qu'il avait resurgi dans sa vie !

Comme elle le savait par expérience, il encaissait mal la tromperie.

— Ah ? dit-elle. Tant mieux.

— Tu ne sembles guère enthousiaste. Vu ton obstination à en réclamer un, je trouve ça bizarre.

— Je suis très contente, affirma-t-elle avec une vivacité factice. Qu'est-ce que tu veux ? Que je saute de joie ?

— Pas précisément.

Elle leva les yeux au ciel, et tenta de tourner la chose en plaisanterie.

— Je suis ravie, Drago. Enchantée ! En extase !

Il continua à l'observer, puis finit par marmonner un « Très bien », en reportant son attention sur sa tablette tactile.

Le cœur battant, Holly regarda à travers la vitre. Il fallait lui dire la vérité. Pas maintenant, bien sûr, mais le plus vite possible. C'était impératif, même si cette perspective la terrifiait. Une fois qu'elle aurait son contrat, elle devrait trouver un moyen, et le moment approprié.

A condition que tout ne s'écroule pas avant qu'elle ne parvienne à ce stade !

La voiture s'arrêta devant un immeuble d'Hudson Street, et Drago ouvrit la portière. Une fois sur le trottoir avec Nicky dans son porte-bébé, Holly se tourna vers Drago, qui récupérait dans la limousine le sac de couches.

— Tu peux revenir nous chercher, dit-elle. Je te passerai un coup de fil quand ce sera fini.

— Je t'accompagne, dit Drago.

— Je ne vois pas pourquoi. Je peux régler ça toute seule. Ou tu pourrais envoyer quelqu'un. Tu as sûrement du travail.

— J'ai un portable et une tablette, je peux assurer le suivi, sois tranquille.

Tentant de dominer son appréhension, elle souligna :

— Je ne vais pas prendre la poudre d'escampette, Drago, si c'est ce qui t'inquiète…

C'était une éventualité invraisemblable, mais rien de plausible ne lui venait à l'esprit.

— Holly, pour l'amour du ciel, entre donc dans cet immeuble ! Nous avons un rendez-vous et tu nous mets en retard !

Elle le regarda durant quelques secondes, la peur au ventre, puis finit par pousser un soupir.

— Très bien. Mais si ça dure des heures et que tu t'ennuies à mourir, tu n'auras à t'en prendre qu'à toi.

En fait, l'attente ne fut pas longue. Ils furent admis dans un bureau, et Holly sortit de son sac, d'une main tremblante, les papiers nécessaires. Elle les remit directement à l'employée. Celle-ci, bureaucrate jusqu'au bout des ongles, n'en finit pas de tout vérifier. A un moment donné, elle fixa Drago, absorbé par sa tablette, et parut sur le point de lui poser une question. Puis elle eut l'air de passer à autre chose, et Holly réprima un soupir de soulagement.

Un instant plus tard, ils étaient sur le chemin du retour. Les passeports étaient à l'abri dans le sac de Holly.

Cet épisode l'avait secouée. Quand ils arrivèrent, elle prit Nicky et l'installa pour sa sieste. Puis elle s'allongea, dévorée par la culpabilité et la peur.

Elle venait de franchir un nouvel obstacle, d'accomplir un pas vers son objectif. Jusqu'ici, elle avait eu de la chance. Mais pour combien de temps encore ?

Elle devait révéler la vérité à Drago avant que la chance ne se dérobe. Hélas, elle s'était empêtrée dans un véritable guêpier ! Elle ne voyait aucun moyen de s'expliquer sans que cette situation ne se retourne contre elle et lui explose à la figure.

Une fois le contrat signé, elle parlerait. Quand elle serait sûre d'avoir assuré l'avenir de son bébé, elle pourrait être franche. Alors, même si elle se faisait chasser une deuxième fois, l'essentiel serait sauvé.

Elle aurait aimé s'en persuader, en tout cas. Mais elle n'y parvint pas réellement.

Lorsqu'elle sortit enfin de sa chambre, deux heures plus tard, poussée par la faim, elle espéra que Drago passait la soirée dehors, pour ne pas avoir à l'affronter. Ce ne fut pas le cas, bien entendu…

Il leva les yeux alors qu'elle entrait en catimini dans la cuisine, et elle crut qu'elle allait se sentir mal.

— Je venais chercher de quoi grignoter, expliqua-t-elle avec une désinvolture factice.

— Il y a des plats de chez le traiteur chinois, dit-il. Dans le tiroir chauffant.

— Tu achètes des plats à emporter ? demanda-t-elle, étonnée.

— Comme tout le monde, non ?

Pas les milliardaires, pensa-t-elle. Dans son esprit, ils mangeaient des plats gastronomiques dans des restaurants comme celui où il l'avait invitée à New York, ou des repas apprêtés chez eux par leur chef personnel. Drago en avait d'ailleurs un.

— Je croyais que c'était… euh… trop bas de gamme pour toi.

Il rit, et elle se sentit toute réchauffée par ce rire qu'elle aimait un peu trop pour son propre bien. Drago était assis devant l'îlot central de la cuisine, des documents épars autour de lui, son ordinateur portable sur un côté : l'incarnation du nabab au travail. Rien à voir avec le tableau qu'elle devait offrir lorsqu'elle s'installait chaque mois à sa petite table en formica pour essayer d'équilibrer son budget…

— Holly, je suis un homme comme les autres, dit-il. J'aime le homard et le champagne, le caviar et les truffes. Mais j'aime aussi les plats chinois à emporter, les hot dogs des marchands ambulants et les pans-bagnats.

Qu'il soit « un homme comme les autres », Holly en

doutait. Mais la vision de Drago en train de mordre dans un hot dog en pleine rue la réjouit.

— Si ça continue, tu vas me dire que tu aimes les gaufres et les barres chocolatées.

— Les gaufres oui, mais pas les barres chocolatées.

— Tu m'étonneras toujours.

Il eut un large sourire, puis se leva et se dirigea vers le tiroir chauffant. Il portait un jean délavé, un T-shirt de couleur foncée, et il était pieds nus. Elle trouva cette tenue terriblement intime et sexy, surtout avec ce ciel nocturne et les lumières de la ville qui scintillaient à l'horizon…

Ouvrant le tiroir, il en sortit plusieurs barquettes.

— Tu as le choix : porc *mu shu*, poulet à l'aigre-doux, bœuf sauté aux légumes, crevettes *kung pao*, poisson sauté au poivre noir, nouilles *lo mein*, riz cantonais…

— Il y en a pour un régiment ! s'exclama-t-elle, sidérée.

— Je ne savais pas ce que tu aimais, alors j'ai commandé plusieurs choses.

Il plaça les barquettes sur le plan de travail et, l'eau à la bouche, elle s'en approcha pour les examiner. Tout sentait bon et avait l'air délicieux ! Drago plaça sur le comptoir une assiette et une paire de baguettes.

— Merci, dit-elle, confuse, mais j'ai besoin d'une fourchette.

Il ouvrit un tiroir et en sortit un assortiment de couverts, qu'il disposa près d'elle sans faire de commentaire. Ce n'était qu'un détail, mais elle lui fut très reconnaissante de ne pas la taquiner parce qu'elle ne savait pas manger avec des baguettes.

Il retourna à sa place, et elle remplit son assiette. Elle aurait aimé l'emporter dans sa chambre, mais Drago s'était donné la peine de commander tout cela, et elle ne voulait pas paraître impolie. Elle piocha dans les crevettes *kung pao*. Une savoureuse profusion de saveurs relevées, épicées et fraîches lui inonda le palais. C'était sans comparaison avec ce qu'elle avait goûté dans l'unique restaurant chinois de New Hope !

— J'ai ton contrat, dit doucement Drago. Quand tu auras fini, nous verrons ça ensemble.

Holly se força à avaler quelques bouchées, car elle n'avait presque rien avalé depuis le petit déjeuner et avait très faim. Mais ses nerfs étaient tendus à l'extrême. N'y tenant plus, elle posa sa fourchette et déclara brusquement :

— Il faut que je le voie tout de suite. Je ne supporte pas d'attendre.

Drago fronça les sourcils.

— A condition que tu continues à manger, répondit-il en prenant un document sur la pile proche de lui.

— C'est promis.

Il vint près d'elle, et elle eut soudain envie de s'appuyer contre lui, de s'attarder dans sa chaleur, tandis qu'il détaillerait les termes du contrat. Elle n'en fit rien, bien sûr. Elle s'obligea à se tenir très droite, à continuer à manger, pendant que Drago posait le document sur la table.

— C'est un contrat de base, dit-il. Si tout se déroule bien pendant les tests, tu apparaîtras dans les publicités pendant un an. Tu seras disponible pour diverses manifestations — réceptions promotionnelles, soirées, etc. — et d'autres prises de vues si nécessaire. En échange, tu recevras 500 000 dollars…

Holly faillit s'étrangler sur une bouchée de bœuf, et avala vivement un verre d'eau. Drago la regarda, haussant un sourcil. Tandis qu'elle demeurait abasourdie par la somme, il continua :

— Si les tests photos ne sont pas satisfaisants, si nous décidons que, finalement, tu ne conviens pas, tu recevras une indemnité de 50 000 dollars et tes frais de retour seront payés intégralement.

50 000 dollars, c'était déjà considérable. Avec une telle somme, elle pouvait trouver un travail correct, louer un bel appartement. Quant à un demi-million de dollars… C'était tout simplement incroyable !

C'était bien supérieur à ce qu'elle avait espéré et, pourtant, une part d'elle-même se sentait étrangement déçue.

Ce n'était pas ainsi qu'elle envisageait son avenir. Elle ne voulait pas évoluer devant un objectif et être l'icône d'un parfum. Elle voulait *créer* le parfum.

Pourtant, elle n'avait pas le choix. Depuis que Nicky était entré dans sa vie, ses désirs passaient au second plan.

— Et pour mon parfum ? demanda-t-elle.

Il feuilleta plusieurs pages, puis tapota du doigt un endroit précis.

— C'est ici. Tu as un rendez-vous d'une demi-heure. Rien de plus. Et c'est sans aucune garantie.

— Ai-je droit au rendez-vous même si tu décides de ne pas me garder pour la campagne publicitaire ?

— Oui.

— Bon, dit-elle, posant sa fourchette et s'essuyant les doigts à sa serviette. Je peux lire ?

Il poussa le contrat vers elle.

— Prends ton temps. Mais il faut signer ce soir, *cara*. Nous partons demain en Italie.

— Déjà ?

— Oui. Il n'y a pas de temps à perdre.

Holly se percha sur un tabouret de bar et lut le contrat de A à Z. Malgré l'emploi du jargon juridique, il était clair. Si les tests s'avéraient concluants, elle gagnerait beaucoup d'argent. S'ils ne se passaient pas bien, elle en obtiendrait tout de même une somme non négligeable. Elle pourrait aussi présenter son parfum au patron de Navarra Cosmetics — ce qui était son but initial !

Quand elle eut achevé sa lecture, Drago fit glisser vers elle un stylo. Elle rencontra son regard. Il avait l'air très satisfait de lui. Son expression ardente éveilla des sensations brûlantes jusqu'au cœur de son être. Son corps s'amollit, elle se sentit langoureuse, grisée, comme si elle venait de boire de l'alcool. Elle aspira intensément à ce qu'il la touche.

Elle prit le stylo, se concentrant sur ce contact lisse et élégant — tout était bon pour tenter d'oublier Drago, de calmer les battements erratiques de son cœur. Elle apposa sa signature, puis reposa le stylo sur la table.

— *Grazie, cara*, dit-il en prenant le document pour le glisser dans une enveloppe.

Il continua à la regarder avec une expression séductrice, mais aussi comme s'il la jaugeait.

— Tu te sens mieux ?

— Franchement, je n'en suis pas sûre, avoua-t-elle. Je ne suis pas mannequin de profession.

Les yeux pétillant d'humour, Drago retourna s'asseoir.

— Un mannequin est juste une personne qui vante un produit, non ? Tu n'es pas une professionnelle, certes, mais tu apprendras.

— Je ne veux pas être modèle, lui dit-elle avec sincérité. Je veux créer des parfums.

— Oui, je me suis engagé à te laisser me présenter tes créations. On dirait bien que tu as obtenu l'occasion convoitée en échange de ta collaboration.

— Tu ne le regretteras pas, j'en suis sûre, affirma-t-elle, en proie à une excitation nouvelle.

Ce n'était pas par prétention qu'elle disait cela. Elle savait que ses parfums étaient réussis, et elle avait envie que Drago le sache. Elle avait foi en ses capacités, même si elle avait parfois l'impression d'être nulle sur le plan commercial.

Sur les autres plans aussi, d'ailleurs. Les relations humaines n'étaient décidément pas son fort. La situation avec Drago était inextricable, et elle ne voyait pas comment s'en sortir.

— Qu'est-ce qu'il y a, Holly ? demanda Drago.

Elle devina que son état d'esprit transparaissait sur son visage, et répondit prudemment :

— Ce n'est rien, je suis juste un peu désorientée… Il y a quelques jours, j'étais serveuse. Et me revoilà à New York. Avec toi. Je m'attends à ce que tout s'effondre d'une minute à l'autre.

Allongeant le bras, il posa sa main sur la sienne. Un

frisson la parcourut. Ce contact peau contre peau était merveilleux. Cela ne lui suffisait pas et, en même temps, c'était presque trop. Quand il effleura ses doigts du bout du pouce, elle crut qu'elle allait défaillir.

— Tu te fais trop de souci, *cara mia*, dit-il d'une voix sensuelle qui la fit vibrer. Nous sommes liés, maintenant. Au moins pour quelque temps.

Il parlait de la campagne publicitaire. Pourtant, pendant un instant, elle se risqua à imaginer une relation différente : un lien entre deux personnes qui désiraient être ensemble. Et qui avaient en commun… un enfant.

Son souffle s'accéléra. Elle eut soudain envie de fuir, de s'en aller bien loin avant de s'enliser davantage. Avant que la vérité n'émerge et que tout ne s'écroule une fois de plus.

Depuis la mort de sa grand-mère, sa vie frôlait sans cesse le désastre. Elle y était accoutumée. En revanche, elle n'était pas habituée à nourrir de l'espoir. C'était effrayant, en un sens. Elle retira vivement sa main, qu'elle ramena sur ses jambes.

L'expression de Drago devint orageuse. Il parut frustré, dérouté, puis en colère. Il finit par se renverser sur son siège. Illogiquement, elle eut envie de l'enlacer, de le supplier de la toucher encore.

— Tu n'as aucune raison d'avoir peur de moi, dit-il en se levant soudain. Je ne suis pas un monstre.

Elle releva la tête, stupéfaite de découvrir qu'il semblait… perdu, solitaire.

— Je ne te prends pas pour un monstre, répondit-elle avec douceur.

— Je ne suis pas certain de te croire.

D'un geste impulsif, elle posa une main sur son bras. Elle sentit sa chaleur et la solidité de ses muscles. Un embrasement intérieur la submergea, ne laissant subsister que cette attraction brûlante, douloureuse, qui s'exerçait entre eux et la faisait vibrer tout entière.

Elle laissa retomber sa main, soudain indécise. Pourquoi

tenter de nouveau le diable ? Pourquoi risquer de se consumer au feu qui brûlait en lui ?

Il lui redressa le menton alors qu'elle allait détourner la tête.

— Je ne te comprends pas. Tu es à la fois torride et effrayée. Tu souffles le chaud et le froid. Il me semble un instant que tu veux…

Il secoua la tête.

— … et puis non, tu ne veux pas. Que je sois pendu si j'y comprends quelque chose !

Elle tenta de lui échapper, mais il ne le lui permit pas. Il la força à rencontrer son regard déterminé. Elle frémit intérieurement, comme s'il lisait jusqu'au fond de son âme et perçait tous ses secrets.

Il ne pouvait pourtant pas savoir ce qu'elle cachait !

— Cela ne s'est pas très bien terminé, la dernière fois, dit-elle. C'est peut-être ce qui m'effraie.

Il laissa échapper un soupir, et ferma les yeux pendant un instant.

— Je ne ferai pas d'excuses pour ce qui s'est passé, Holly. Tu m'as menti.

— Je sais. Et je le regrette. Mais je t'ai déjà expliqué pourquoi.

— En effet, reconnut-il en se laissant tomber sur un tabouret proche. Mais je n'aime pas qu'on me mente. Et je n'aime pas qu'on se serve de moi.

— Je comprends.

— Je ne crois pas, répondit-il.

Il prit un verre d'alcool posé près de ses documents et avala quelques gorgées. Elle regarda le mouvement de sa pomme d'Adam, se demandant pourquoi un tel détail pouvait la rendre folle de désir.

— J'ai toujours été un Navarra, mais je n'ai pas toujours vécu comme tel, dit-il après un temps de silence.

Elle replia ses bras autour d'elle, le cœur serré par l'amertume qui imprégnait ses paroles.

— Mes parents n'étaient pas mariés. Mon père était

un play-boy, un flambeur. Ma mère a été facile à séduire, je crois. Quand il a refusé de l'épouser, elle a dû sombrer dans une sorte de dépression…

Il haussa les épaules, et Holly se demanda ce qu'il taisait.

— Ils sont restés ensemble quelques années, en tout cas. J'étais bébé quand il l'a quittée. Il est mort peu après dans un accident de voiture. C'est alors que ma mère a commencé à se servir de moi pour pressurer la famille de mon père. Elle a passé son temps à me traîner devant mon oncle pour lui demander de l'argent, qu'elle dépensait ensuite sans compter.

— Les bébés ont de gros besoins, fit remarquer Holly. Peut-être que ce n'était pas suffisant, et qu'elle…

Le regard enflammé qu'il lui jeta la réduisit au silence. Elle eut mal pour lui. Et pour la femme qui avait tenté de l'élever seule.

— Elle avait largement de quoi, Holly ! Mais pas assez pour ce qu'elle voulait.

— Et que voulait-elle ?

— J'aimerais le savoir. Mon oncle proposait de me prendre avec lui, mais elle refusait.

— Je peux le comprendre. Je ne renoncerais jamais à Nicky.

Drago se pencha vers elle avec un regard douloureux et désorienté.

— Elle refusait parce que j'étais sa poule aux œufs d'or. Et que je lui en rapportais à intervalles réguliers. Finalement, mon oncle lui a offert assez d'argent pour qu'elle consente à me laisser.

Holly eut de nouveau mal pour lui. Mais elle comprenait qu'une mère refuse d'abandonner son enfant. Qu'elle s'obstine, en tout cas, à ne pas renoncer trop vite. Qu'avait dû éprouver la mère de Drago, quand elle avait senti qu'elle ne pouvait pas le garder ? Et qu'il serait mieux avec les Di Navarra qu'avec elle ?

Et pourquoi l'oncle de Drago ne les avait-il pas accueillis

tous les deux ? Pourquoi ne leur avait-il pas offert un foyer, plutôt que cette option inacceptable pour une mère ?

— Je suis tellement désolée, Drago…

Qu'aurait-elle pu dire d'autre ?

Il avait un air lugubre, presque ravagé. Elle eut envie de le serrer contre elle, mais n'en fit rien. Elle ignorait si un tel geste serait bien accueilli. Et si elle pouvait l'accomplir sans lui avouer ses propres fautes.

Comment allait-elle pouvoir lui parler de Nicky, à présent ? Jamais il ne comprendrait pourquoi elle lui avait caché son existence !

— Je n'aime pas qu'on m'utilise, Holly. Je n'aime pas ce que ça me fait ressentir.

— Je comprends, dit-elle, la gorge nouée, les yeux humides de larmes. Et je regrette tellement…

Tant de choses.

Il soupira, puis secoua la tête, comme s'il prenait conscience d'avoir trop parlé.

— Tu devrais finir ton repas, dit-il.

Mais elle n'aurait pu avaler la moindre bouchée, à présent. Aussi déclara-t-elle qu'elle avait terminé. De nouveau, il se leva, et fourra les mains dans ses poches. Jamais elle n'aurait pensé qu'il pouvait avoir l'air si perdu. Il avait dû se sentir si seul et si désorienté, lorsque sa mère avait enfin cédé aux instances de son oncle !

— Est-ce que tu vois souvent ta mère, maintenant ? s'enquit-elle timidement.

Il avait le regard étrangement brillant quand il se tourna vers elle.

— Je ne l'ai jamais revue depuis que j'ai eu onze ans et que mon oncle l'a enfin convaincue de me confier à sa garde. Et je ne la reverrai jamais. Elle s'est suicidée il y a six ans.

— Oh ! mon Dieu ! Je suis navrée…

Il haussa les épaules avec une désinvolture qui était forcément feinte, et lâcha :

— C'est la vie.

— Mais… ta mère…

Il effleura sa joue, doucement, du bout du doigt.

— Je crois que tu es une bonne mère, Holly. Seulement, toutes les femmes ne sont pas aussi dévouées que toi.

Ces mots la transpercèrent. Quel genre de mère fallait-il être pour cacher l'existence d'un fils à son père ? Pour se débattre dans les difficultés et peiner à l'élever, alors qu'il pouvait hériter d'une fortune ? Alors qu'il pouvait tout avoir ?

— Drago, je…

Elle n'arriva pas à terminer sa phrase. Sa gorge était nouée, et aucun mot n'en sortit.

Il sourit, mais ce sourire-là n'était pas un vrai sourire : il ne se reflétait pas dans ses yeux.

— Va te coucher. La journée de demain sera longue.

En lâche qu'elle était, elle s'enfuit.

9.

Holly peina à s'endormir et passa une nuit agitée. Elle pensait sans cesse à Drago, à l'expression de désarroi qu'il avait eue pendant son récit. Puis elle s'inquiéta pour Nicky, se demandant s'il dormait. Elle savait qu'il ne pleurait pas, puisqu'un écoute-bébé était installé près d'elle. Pourtant, chaque fois qu'elle commençait à s'endormir, elle entendait des pleurs — ceux d'un petit garçon tout seul, perdu. Elle tressaillait, écoutait, et ne percevait que le silence, à peine troublé par le bruit assourdi de la ville en contrebas.

Comment lui serait-il possible de révéler à Drago la vérité au sujet de Nicky ? La question ne cessait de la hanter.

Enfin, lasse de chercher le sommeil, elle se leva, se doucha et s'habilla. Elle enfila un jean et un haut de soie, prit un cardigan pour le cas où elle aurait froid. Quand elle s'examina dans la glace, elle ne se trouva guère à la hauteur. Elle avait un physique ordinaire, et manquait de raffinement.

Pourquoi Drago voulait-il à tout prix qu'elle représente son parfum ? A cause de ses taches de rousseur ? Pour elle, c'était une imperfection, pas une particularité intéressante. Ses pommettes étaient un peu trop charnues, et elle n'avait pas une bouche ultra-pulpeuse de top model. Ses lèvres étaient normales. Quant à ses yeux, ils n'avaient pas un bleu remarquable, un de ceux qui évoquaient les bleuets ou le saphir, par exemple…

Elle alla voir Nicky, qui était réveillé et regardait son mobile en faisant gigoter ses petites jambes. Elle le sortit de son berceau, et se rendit dans la cuisine pour préparer son biberon.

Drago leva les yeux à son arrivée. Il était assis à la grande table, occupé à boire du café tout en lisant le journal. Elle eut un coup au cœur en le voyant. Il en avait été ainsi dès leur rencontre, et ce n'était pas près de changer…

— *Buongiorno, cara*, dit-il.

— Bonjour, répondit-elle.

Nicky s'agita et émit un rot sonore. Elle ne put s'empêcher de rire. Drago sourit malgré son air las — peut-être avait-il peu dormi, lui aussi ?

— Il a pas mal… d'énergie, hein ? commenta-t-il.

— Oh ! oui… Il m'épuise.

Elle prit dans le réfrigérateur le lait maternisé qu'elle avait préparé au petit matin. Nicky n'ayant pas tout bu, elle l'avait mis de côté ; il fallait maintenant le réchauffer. Ce n'était pas simple quand on avait dans les bras un bébé remuant. Elle essaya de garder Nicky contre elle d'un seul bras, mais il gigota de plus belle.

— Donne-le-moi, suggéra Drago en venant vers elle.

Saisie, Holly leva les yeux. Puis elle lui tendit l'enfant. Ce fut comme un arrachement : elle n'avait pas envie de donner Nicky à son père. Ce sentiment absurde se dissipa pourtant, même si Drago semblait peu sûr de lui. Il tenait le bébé en l'air, à deux mains, tandis que Nicky se trémoussait.

— Ramène-le contre ton torse et maintiens-lui la tête, lui indiqua-t-elle.

— Comme ça ?

— Oui.

Elle se tourna vers le plan de travail, remplit d'eau un récipient qu'elle plaça dans le micro-ondes. Puis elle pivota vers Drago, qui regardait Nicky d'un air hésitant. Elle aurait ri, si elle n'avait pas éprouvé un sentiment poignant.

— Il est si petit…, fit-il remarquer.

— Mais il grandit chaque jour.

Nicky s'agita. Drago lança à Holly un regard paniqué.

— Balance-le, lui recommanda-t-elle.

Il parut dubitatif, mais suivit sa suggestion, et Nicky se calma. Holly réprima un sourire face à la maladresse de Drago. Son amusement se dissipa vite. Elle devait impérativement révéler la vérité à Drago. Après avoir appris ce qu'il avait vécu dans son enfance, elle trouvait très malvenu de lui cacher qu'il avait un petit garçon.

Mais le moment devait être bien choisi, et celui-ci ne se prêtait guère à un tel aveu.

Elle sortit le récipient du micro-ondes, y plongea le biberon, puis tendit les bras pour reprendre son bébé. Drago parut soulagé de le lui rendre. Elle fit sautiller Nicky et gazouilla des mots sans suite tandis que Drago revenait à son journal. Au lieu de lire, il la regarda. Elle croisa son regard, et vit de la confusion dans ses beaux yeux gris.

— Tu me fais désirer de drôles de choses…, lui dit-il avec douceur.

Remuée, elle répliqua d'un ton facétieux :

— C'est sûrement dû à une indigestion !

Et il se mit à rire.

Pourtant, elle avait le cœur battant, la peau enfiévrée, et elle avait envie de savoir de quelles *choses* il parlait. Mais elle avait trop peur pour poser la question.

Il consulta alors sa montre, et redevint sérieux.

— Il faut que nous soyons à l'aéroport dans une heure. Tu seras prête ?

— Oui.

— Bon. J'ai de la paperasse qui m'attend. Je te préviendrai quand il sera temps.

Il la laissa dans la cuisine, et elle donna son biberon à Nicky en contemplant Central Park sous la brume matinale.

Ils furent bientôt en route pour l'aéroport John Fitzgerald Kennedy, mais durent patienter dans les embouteillages. Drago travailla sur son ordinateur, et Holly regarda la ville pendant que Nicky dormait. Elle dut sommeiller, sans doute. Car, soudain, elle sursauta : Drago la secouait. Elle lutta pour émerger et comprit enfin ce qu'il disait.

— Passeports. J'ai besoin de vos passeports.

L'esprit embrumé, elle les sortit de son sac. Il les lui ôta des mains, et elle se renversa en arrière, les yeux clos. Il lui fallut une bonne minute avant de prendre conscience de sa propre sensation de malaise et de se redresser, l'esprit en alerte.

Trop tard. Drago la fixait, l'air furieux et écœuré. Il venait sans doute de comprendre qu'elle lui avait dissimulé la vérité. Il n'était pas stupide.

Et il ne croirait jamais, maintenant, qu'elle ne l'avait pas trompé délibérément !

Il lui mit sous le nez la première page du passeport. C'était inutile, elle savait très bien ce qui y figurait.

— Redis-moi donc l'âge de ton bébé. Et reparle-moi un peu de cet homme avec lequel tu aurais eu une liaison.

Drago suffoquait, il avait l'impression qu'on lui serrait la gorge. Il se força à inspirer et expirer régulièrement. C'était le seul moyen de ne pas céder à la fureur.

Il brandit le passeport en regardant défiler les émotions sur le visage de Holly. Elle avait les yeux dilatés, la peau empourprée. Aucun son ne sortait de sa bouche ouverte. Soudain, elle devint toute pâle.

Il attendit qu'elle s'explique, qu'elle précise pourquoi le bébé avait trois mois et non deux, selon le passeport. Cela n'impliquait d'ailleurs pas que Nicky était son propre fils, se répéta-t-il. Cela ne signifiait rien du tout.

Il n'avait pas tout de suite pris garde à l'âge du bébé… Quand il avait fallu présenter les passeports pour franchir le contrôle du secteur des jets privés, il les avait ouverts et parcourus du regard. Holly avait vingt-quatre ans et était née à Bâton-Rouge. Nicholas Adrian Craig était né voici un peu plus de trois mois à La Nouvelle-Orléans.

Ce détail ne l'avait d'abord pas frappé. Puis il s'était rappelé sa rencontre avec Holly à New York, un an plus tôt.

La date était gravée dans son esprit : il avait dû déchirer les photos des prises de vue et tout refaire. Il avait imaginé son retour en Louisiane, sa liaison avec un autre homme — et n'avait pas aimé ce qu'il avait ressenti…

Mais c'était en la regardant sommeiller, en voyant le bébé endormi — un petit garçon aux cheveux noirs — qu'une autre idée lui avait traversé l'esprit. Et s'y était attardée.

Là, il avait eu l'impression de recevoir un véritable coup de poing.

Non, ce n'était pas possible ! Cet enfant ne pouvait pas être le sien ! Il s'était protégé, comme toujours. Pourtant, à un moment donné, il y avait eu un petit accident, il s'en souvenait. Qui sait si la déchirure du préservatif n'était pas antérieure au moment où il l'avait ôté…

Mais si c'était vrai ? Si Nicky était son fils ? Comment Holly avait-elle pu le lui cacher ? De quel droit ? !

Rien ne prouve qu'elle l'a fait, se rappela-t-il, cherchant à garder les idées claires.

— De qui est-il le fils ? demanda-t-il.

Il parlait d'une voix froide et détachée pour tenter de prendre du recul avec ses sentiments. Sans quoi il aurait explosé de rage et de douleur. Holly avait menti. Elle s'était servie de lui. Il pensa à son insistance pour obtenir le contrat, à l'argent qu'il avait accepté de lui verser, et son sang se figea.

Holly laissa échapper un hoquet étouffé, puis porta la main à sa bouche, respirant de façon saccadée. Plus vite qu'il ne l'aurait cru, pourtant, elle se tourna vers lui, les joues et le nez rouges, les yeux humides.

— J'ai essayé de t'en parler, lâcha-t-elle.

Cet aveu lui donna l'impression que son monde craquait de toutes parts. Les barrières qu'il avait érigées contre la solitude et le chagrin s'effondrèrent. La douleur le ravagea.

— Que veux-tu dire ? lança-t-il.

Il espéra malgré tout qu'il s'agissait d'une erreur, qu'elle ne lui avait pas caché sa paternité pendant de longs mois.

Mais au fond, il savait à quoi s'en tenir : ce petit garçon

était un Di Navarra ! Il avait, comme son propre père, engendré un enfant qui s'était retrouvé aux mains d'une mère insouciante, à qui il était égal de vivre dans la misère et de confier son bébé à une étrangère. Dire qu'elle avait porté son enfant et qu'il n'en avait rien su !

— Cela veut dire, répondit Holly d'une voix faible, que je t'ai écrit. Que j'ai téléphoné. Mais tu m'as repoussée, et tu as refusé tout contact.

Il n'avait pas, à proprement parler, refusé tout contact avec elle. Mais la consigne était de ne lui transmettre que les appels des personnes qui figuraient sur sa liste de relations d'affaires. Quant à la lettre qu'elle prétendait avoir écrite, qu'est-ce qui prouvait qu'elle l'avait postée ?

— Je parie que tu n'as guère insisté..., grommela-t-il. Je n'ai jamais reçu de lettre.

— Je l'ai pourtant envoyée. Si tu ne l'as pas eue, ce n'est pas ma faute.

— Tu dis l'avoir postée, mais qu'est-ce qui le prouve ? Il se peut très bien que tu mentes. Et puis, si tu l'avais voulu, tu aurais vraiment insisté.

— Pourquoi est-ce que je mentirais ? J'étais seule ! J'avais besoin d'aide ! Et que voulais-tu que je fasse de plus ? s'écria-t-elle, les larmes aux yeux. Que je m'envole pour New York sans avoir de quoi payer le billet d'avion, et que j'aille me prosterner à tes pieds ? J'ai essayé de t'appeler, mais c'était pire que de chercher à joindre le président des Etats-Unis ! Les appels étaient filtrés, on refusait de me mettre en contact avec toi !

Sa voix avait monté en crescendo, frémissant de colère, et, quand elle eut achevé sa tirade, le bébé se mit à pleurer. Drago regarda Nicky, et éprouva ce désarroi qu'il n'avait pas ressenti depuis son enfance, lorsque sa mère lui annonçait leur départ d'un endroit où il s'était enfin adapté.

Il détestait ce sentiment ! S'il l'avait pu, il serait parti à pied à travers la ville pour mettre le plus de distance possible entre lui et cette femme aussi perfide que menteuse. Mais il était coincé dans la voiture.

Holly se pencha vers le bébé et tenta de le calmer, d'une voix trop aiguë pour être apaisante, tâchant de lui faire accepter une tétine. Une larme roula sur sa joue, puis une autre, et sa voix devint encore plus agitée.

— Holly…

Elle leva les yeux, l'air malheureux. Drago eut un élan d'empathie qu'il refoula aussitôt. Comment pouvait-il avoir de la peine pour elle ? Alors qu'elle s'était servie de lui ?

Il la détestait, en cet instant. Et il ne lui permettrait pas de s'en tirer si facilement.

— Calme-toi, lui ordonna-t-il d'une voix tendue. Il sent que tu es perturbée.

— Je sais, figure-toi !

Elle défit les sangles du porte-bébé, prit Nicky sur ses genoux et le berça jusqu'à ce qu'il cesse de pleurer. Il accepta enfin la tétine, et elle parut soulagée.

— Tu as séjourné chez moi pendant une semaine, observa Drago, glacial. Et tu m'as tu la vérité. Tu as eu tout loisir de parler, Holly. Comme la dernière fois.

Elle ne leva pas les yeux, et il eut envie de la secouer pour l'y contraindre. La violence intérieure qui le tourmentait lui faisait peur, même s'il était sûr qu'il n'y céderait pas.

Il n'avait jamais reçu un choc aussi fort, ni vécu une telle trahison — même lorsque sa mère avait renoncé à lui pour de l'argent, pour être libre d'agir à sa guise.

Il avait un enfant, un petit garçon, et il ne l'avait appris que grâce à son esprit de déduction ! S'il n'avait pas reconstitué la vérité, Holly la lui aurait-elle révélée ? Ou bien aurait-elle honoré son contrat, pris l'argent, et aurait-elle disparu avec Nicky ? Jusqu'au moment où elle aurait eu besoin d'être renflouée…

— Tu es muette ? lui lança-t-il. Tu vas rester là comme ça, sans t'expliquer, après ce que tu as fait ?

Elle leva la tête, les yeux rougis.

— Je ne savais pas comment te l'apprendre… Je pensais que tu me jetterais dehors une deuxième fois.

Il resta abasourdi en entendant ces mots. C'était inouï,

tout de même ! Holly était une profiteuse, une intrigante. D'abord, le parfum. Et maintenant, cet enfant. Son comportement était franchement méprisable !

— Il n'est pas dit que je ne le fasse pas, répliqua-t-il entre ses dents.

Il était bien placé pour savoir ce qui arrivait quand on laissait à une femme un enfant dont elle n'était pas capable de s'occuper. Il ne permettrait pas que son fils connaisse un tel sort. Il userait, au besoin, de tout son argent et de tout son pouvoir pour que Holly ne revoie plus jamais Nicky.

Il vit qu'elle avait peur, et s'en délecta avec un plaisir presque pervers. Il voulait qu'elle vive dans le doute, qu'elle souffre comme il souffrait.

— Tu ferais ça à ton propre fils ? demanda-t-elle d'une voix vacillante.

— Pas à lui, Holly. A toi.

La peur s'était emparée de Holly, et lui enveloppait le cœur, l'étreignant à présent tel un étau. Drago, à côté d'elle, se montrait plus glacial que jamais. Il était clair qu'il la haïssait. Elle souffrait de voir que leur complicité naissante avait été anéantie par la révélation qui venait d'avoir lieu.

Momentanément, elle resta paralysée, effrayée de penser qu'il pouvait la bannir de sa vie et la priver de son fils. Nicky agrippa son cardigan de sa menotte, et son amour pour son fils la souleva, lui insufflant la force nécessaire. Elle répondit avec un regard déterminé :

— Tu ne me sépareras jamais de mon petit garçon.

— Tu oublies qui détient le pouvoir, *cara*, répliqua-t-il.

— Et tu oublies qui est la détentrice de l'autorité parentale, rétorqua-t-elle.

— Ça peut changer.

— Non, répondit-elle précipitamment. Non. Tu ne peux rien contre ça !

Drago n'était plus l'homme avec qui elle venait de passer

quelques jours. Il montrait son visage le plus sombre, le plus effrayant. Mais elle était prête à le combattre de toutes ses forces. Il était hors de question qu'il lui prenne Nicky !

— Tout le monde a un prix, Holly. Même toi.

— Erreur, affirma-t-elle en serrant son fils contre elle. Je suis navrée que tu aies eu une enfance difficile, et que ta mère ait renoncé à toi pour de l'argent. Mais j'aime Nicky et je ne l'abandonnerai pas ! Ton argent n'y changera rien !

— Nous verrons, *cara*, rétorqua-t-il avec un regard étincelant qui la fit frissonner.

Il n'ajouta rien pendant tout le reste du trajet. Il prit son téléphone et, avant qu'ils n'arrivent près du jet en attente sur le tarmac, passa plusieurs coups de fil dans un italien rapide.

Elle l'écouta, les nerfs à vif, se demandant à qui il parlait, ce qu'il pouvait bien projeter. S'adressait-il à ses avocats ? A quelqu'un qui la refoulerait lors de sa montée en avion, tandis qu'il lui prendrait Nicky et s'envolerait vers l'Europe ?

Elle serra son enfant contre elle, résolue à empêcher coûte que coûte une telle éventualité.

Au pied du jet, Drago lui demanda de confier Nicky à Sylvia, qui attendait au bas de la passerelle. Holly refusa, malgré l'accueil chaleureux de la nounou. Elle monta, tenant son fils au creux d'un bras et agrippant de l'autre la rampe métallique. Drago la suivait de près, et elle pouvait sentir son eau de toilette. Elle devinait aussi sa colère implacable. Mais son corps trop proche l'enveloppait de sa chaleur, et elle se hâta d'augmenter la distance, et d'avancer dans la cabine.

L'avion était d'un luxe impressionnant : cuir blanc, finitions de bois sombre et acier chromé. Il y avait un bar, un téléviseur, un canapé, des fauteuils confortables.

— Il y a deux chambres et plusieurs salles de bains, précisa Drago.

L'une de ces dernières, constata Holly, était plus vaste que son ancienne chambre à La Nouvelle-Orléans. Elle savait que Drago était riche : dirigeant d'une multinationale, il était aussi l'héritier du patrimoine familial. Mais, jusqu'à cet instant, elle n'avait pas mesuré l'étendue de cette fortune qui, bientôt, serait peut-être employée contre elle. Elle avait signé un contrat d'un demi-million de dollars. Mais ce n'était qu'une goutte d'eau comparé à ce que possédait Drago Di Navarra. Il y avait de quoi s'inquiéter…

Elle paniqua lorsque la porte de la cabine se referma avec un bruit sourd. Et si Drago essayait de lui prendre Nicky ? Elle eut envie de récupérer son fils, qu'elle venait de confier à Sylvia, et de dévaler la passerelle, de courir à travers l'aéroport, très loin de cet appareil qui allait l'emporter de l'autre côté de l'océan, dans un pays où elle ne connaissait personne. Et où elle n'aurait évidemment aucun pouvoir.

Elle se tourna pour rejoindre Sylvia et rester avec son bébé pendant la traversée, puisque toute fuite était maintenant impossible. Mais Drago était là, imposant, qui la toisait avec froideur et dédain. Une douleur poignante la saisit quand elle pensa à la soirée de la veille, au dîner chinois. Elle s'était presque sentie proche de lui, à ce moment-là. Presque.

— Il faut que tu t'assoies et boucles ta ceinture, dit-il. Nous décollons dans quelques minutes.

— Je veux être avec Nicky.

— Sylvia s'en occupe. Elle est payée pour ça.

— Mon idée de l'éducation n'est pas de payer une nounou, déclara-t-elle. Nicky a besoin de moi.

— A partir de maintenant, il aura ce qu'il y a de mieux. Et Sylvia est ce qu'il y a de mieux.

— Et moi, je suis sa mère.

Elle avait donné à Nicky tout ce qu'elle pouvait, pensa-t-elle, la souffrance au cœur. Mais, bien sûr, ce n'était pas ce qu'on pouvait offrir quand on disposait d'une fortune. Elle n'allait pas céder pour autant. Elle devait faire preuve de courage. Et tenir tête à Drago.

— Les soins d'un enfant, ce n'est pas qu'une affaire

d'argent. Nicky a besoin de l'amour et de l'attention que je lui apporte.

— C'est ça ! lâcha-t-il. Comme lorsque tu le déposais chez la voisine pour aller au travail. Il avait sûrement de l'amour et de l'attention à foison, à ce moment-là !

Holly accusa le coup.

— Je faisais de mon mieux. Après tout, tu n'étais pas là pour m'aider. Et tu n'y étais pas parce que je n'avais pas pu te joindre. Tu m'avais clairement signifié que je ne devais plus te contacter.

Il bondit de son siège, et elle eut un mouvement instinctif de recul.

— Pour me vendre du parfum ! s'écria-t-il. Tu ne devais plus me contacter au sujet de ton maudit parfum !

— Et comment aurais-je su que tu faisais cette distinction, vu que tu avais ordonné à ton assistante de refouler mes appels ? s'écria-t-elle à son tour. J'étais censée envoyer des signaux télépathiques, peut-être ? Dans l'espoir que ça marcherait ?

Elle fit mine de décrocher un téléphone et de le porter à son oreille, continuant sans désemparer :

— Oh ! tiens, Holly Craig… Mais cette fois, c'est important !

Drago serra les mâchoires avec une expression orageuse. Du coin de l'œil, elle remarqua qu'un steward allait et venait à distance prudente, et sentit qu'ils étaient en train de se donner en spectacle.

Elle fit volte-face, se laissa tomber dans un fauteuil et boucla sa ceinture. Elle frémit de nervosité et de tension, les mains repliées sur les accoudoirs.

Drago s'assit sur le siège voisin, même s'il y avait quantité de fauteuils libres, et boucla à son tour sa ceinture. Il bouillait de fureur.

— Si tu l'avais vraiment voulu, tu aurais trouvé un moyen ! lança-t-il. Mais au lieu de ça, tu m'as laissé croire que ce bébé avait un autre père. Un homme marié qui t'avait abandonnée et te laissait crever de froid et de faim. Tu as menti. Et si je n'avais pas compris la vérité, tu aurais continué à me mentir.

— Je n'ai pas dit qu'il était marié. C'est toi qui as supposé que…

— Tu as confirmé ! Qu'est-ce que je pouvais croire d'autre, au vu de ton comportement ? Mais en réalité, tu avais peur d'être prise en flagrant délit de mensonge.

— Oui, j'avais peur ! J'étais inquiète parce que tu m'avais offert un moyen de sortir de ma situation. Si je t'avais dit la vérité et que tu avais réagi comme la première fois, je serais revenue à la case départ. Et cette fois, je devais songer à mon fils. Il n'était pas question que je te permette de lui faire du mal.

Drago plissa les paupières d'un air menaçant. Elle sentit soudain que sa colère manifeste n'était que la partie émergée de l'iceberg. Sa fureur était infiniment plus profonde qu'elle ne l'avait supposé. Il se contrôlait — mais de justesse.

— As-tu envisagé une seconde que je pourrais avoir une réaction différente en apprenant que j'avais un fils ? Surtout après ce que je t'avais dit de mon enfance ?

Elle déglutit avec difficulté.

— Pas au début. Mais j'avais l'intention de t'informer. Je voulais juste le faire au bon moment.

Il se pencha vers elle, la foudroyant du regard.

— Et pour quelle raison est-ce que je te croirais ?

— Au… aucune, murmura-t-elle.

— C'est bien ce que je pensais.

Il s'appuya contre le dossier du fauteuil, rigide de fureur, alors que le jet commençait à rouler sur le tarmac.

— Tu regretteras ton silence, Holly, dit-il. Tu le regretteras amèrement, crois-moi, quand j'en aurai fini avec toi.

10.

Lorsqu'ils atterrirent en Italie, il faisait nuit noire. Holly ne savait pas du tout où ils se trouvaient ; elle avait seulement lu dans la presse que les Di Navarra étaient originaires de Toscane. Elle n'eut pas l'occasion d'interroger Drago, car il monta dans une voiture différente. Elle se retrouva dans celle de Sylvia et Nicky, ce qui fut un grand soulagement, après la tension du voyage.

Les limousines roulèrent dans la nuit jusqu'à ce qu'ils atteignent une vaste propriété située sur une colline, et elle vit défiler de hauts cyprès et des massifs de bougainvillées le long du chemin d'accès. Elle ne fut même pas sûre qu'elle résiderait avec Drago, avant la descente de voiture, lorsqu'elle le vit faire signe au majordome. Celui-ci, après s'être incliné, se hâta de donner des ordres aux domestiques. Et les valises furent emportées, disparaissant avec leurs porteurs derrière les doubles portes de la villa.

Drago entra sans lui accorder un regard. Elle eut un pincement au cœur. Suivi d'une moue de défi. Non, elle n'avait pas la nostalgie de cet instant où il avait dit qu'elle lui faisait « désirer d'étranges choses » ! Elle allait oublier au plus vite cette complicité illusoire. Et s'armer pour faire face à la nouvelle situation.

On la mena dans une vaste pièce meublée d'antiquités, de tapis orientaux, de miroirs de bois doré, de canapés et de fauteuils. Il y avait un meuble-télévision et un immense lit à baldaquin.

— J'aurai besoin d'un berceau, dit-elle à la camériste.

— Ce n’est pas utile, *signorina* Craig, répondit celle-ci dans un anglais impeccable. Le bébé est installé dans la nursery.

Holly s’avisa que Sylvia ne l’avait pas suivie avec Nicky dans les bras. Recrue de fatigue et perdue dans ses pensées, elle n’avait pas remarqué qu’ils n’étaient plus à côté d’elle. Elle eut alors un élan de panique.

— La nursery ? Où est-ce ? demanda-t-elle avec agitation.

Sa ravissante interlocutrice, aux cheveux noirs ramenés en chignon, continua à sourire comme si elle était dressée à rester courtoise en toutes circonstances, et répondit :

— Pas très loin.

— Pas très loin ? C’est inacceptable !

— *Il signore* Di Navarra l’a ordonné, *signorina*. Je ne peux pas contrevenir à ses ordres.

Holly ne se donna pas la peine de discuter. Elle tourna les talons, et quitta la pièce. Elle allongea le pas, avançant au hasard, débouchant sur des culs-de-sac ou des pièces vides, revenant sur ses pas pour chercher ailleurs.

Elle tomba sur un escalier, le dévala, et se retrouva dans l’immense vestibule. Il était maintenant désert. Elle tendit l’oreille et perçut un cliquetis de verre, accompagné d’une voix. Se laissant guider, elle fit bientôt irruption dans une bibliothèque. Une lampe, sur le bureau, diffusait une lumière douce. Derrière le meuble, un homme était au téléphone, le dos tourné. Drago.

La rage et le désir la submergèrent simultanément. Elle ne comprenait pas pourquoi elle avait à la fois envie de s’en prendre à lui et de le serrer dans ses bras. Elle fit un pas en avant et, à ce bruit, Drago se retourna. Son regard flamboya de colère quand il la vit. Il mit aussitôt fin à son coup de fil.

— Qu’est-ce que tu veux ?

— Comment oses-tu ? demanda-t-elle, la poitrine oppressée. Comment oses-tu ?

— De quoi parles-tu, *cara* ? Précise ta pensée, ou sors d’ici tant que tu le peux encore.

— Nicky. Tu l'as mis dans la nursery. Loin de moi ! lança-t-elle dans sa fureur.

— La place d'un bébé est dans une nursery.

— C'est mon fils, et sa place est auprès de moi, gronda-t-elle.

— C'est aussi mon fils, et je veux qu'il soit dans la nursery, où il est en sécurité.

— Insinuerais-tu qu'il ne l'est pas avec moi ?

— Et quand bien même ce serait le cas ?

Sentant qu'ils en viendraient aux mains si elle répondait à cette provocation, elle lança :

— Pourquoi as-tu une nursery, d'ailleurs ? Tu n'es pas marié et tu n'as pas d'enfants…

— Maintenant, j'en ai un, non ?

— Tu sais très bien ce que je veux dire.

— Certes.

Elle ignora son intonation sarcastique. Il agissait ainsi pour prouver sa supériorité et son pouvoir. Pour lui faire peur, tout simplement.

— Pourquoi as-tu une nursery ? répéta-t-elle.

Il contourna le bureau, s'y appuya et croisa les bras. Ses muscles saillirent sous sa chemise. Comment pouvait-il posséder un corps pareil ? Il était clair qu'il faisait du sport — mais elle se demandait bien quand il en trouvait le temps, puisqu'il semblait s'occuper constamment de ses affaires. Elle secoua la tête, s'interdisant de penser à son physique en un tel instant.

— Cette propriété appartient à ma famille depuis des générations, *cara*. Il y a toujours eu une nursery, ici. Pensais-tu vraiment que mon fils n'aurait pas un endroit réservé, à son arrivée ? Que je ne me soucierais pas de son confort et de ses soins ?

Il y avait de la menace dans son intonation. Et aussi de la passion. Etrangement, ce fut la passion qui la frappa. Elle examina ses traits, les angles et les méplats de son visage si parfaitement sculpté, et son pouls s'affola. Elle s'efforça de se maîtriser. Elle devait garder les idées claires !

— Mon bébé doit rester avec moi. Il n'a pas l'habitude de dormir seul.

— Il n'est pas seul, Holly. Il a une nounou.

— Il n'a rien à faire d'une nounou ! laissa-t-elle échapper. Il a besoin de moi !

Drago se dressa de toute sa hauteur, mais elle refusa de se laisser intimider, de céder un seul pouce de terrain.

— Il lui faut mieux qu'une mère qui tire le diable par la queue, martela-t-il. Il lui faut mieux qu'une mère qui le laisse à des étrangères douze heures par jour.

Elle inspira profondément, s'intimant de ne pas fondre en larmes. Il frappait à l'endroit névralgique, évidemment.

— Je lui ai apporté tout ce que je pouvais, Drago. Et je continuerai.

— Mais moi, je peux faire plus. Et mieux. Comment peux-tu lui refuser ça ?

— Je n'ai jamais dit que je refusais. Mais tu ne nous sépareras pas ! Jamais !

— Que de conviction ! s'exclama-t-il en plissant les paupières. Je me demande ce qui la suscite… Aurais-tu trouvé, toi aussi, ta poule aux œufs d'or ? Te cramponneras-tu à cet enfant jusqu'à ce qu'il t'ait rapporté un maximum d'argent ?

Sans réfléchir, Holly leva la main et s'élança. Une seconde plus tard, Drago lui eut emprisonné le poignet, d'une main de fer. La paume de Holly était immobilisée à quelques centimètres de sa joue.

Elle se débattit, mais il ne la relâcha pas. Au contraire, il l'attira plus près, d'un coup sec, jusqu'à ce que leurs corps s'écrasent l'un contre l'autre. C'était la première fois depuis un an qu'ils étaient si proches, et cette sensation la bouleversa.

Ses paumes se posèrent sur son torse — ce torse viril qui avait nourri ses fantasmes pendant de si longs mois. Elle se força à ranimer sa colère, au lieu de s'abandonner à ce qu'elle ressentait : l'impression d'entrer enfin au port après une longue errance en mer.

— Tes propos sont ignobles ! lança-t-elle. J'aime mon fils plus que ma propre vie. Je ferais tout pour lui ! Tout !

— Prouve-le.

— Que veux-tu dire ?

— Pars, Holly. Laisse-le-moi, et je veillerai à ce qu'il ait tout ce qu'il y a de meilleur.

Elle frémit. Comment osait-il essayer de la manipuler ?

— Pas question ! Tu peux me faire ce que tu veux, je ne céderai pas !

— Est-ce bien sûr ? demanda-t-il avec un éclair dans le regard.

— Sûr et certain !

Drago la repoussa et contourna son bureau pour se rasseoir, puis il ouvrit un tiroir sans plus prêter attention à sa présence. Il finit par relever la tête.

— Il y a une soirée professionnelle, demain. Tu y assisteras.

— Une soirée ?

— Oui. Tu as signé un contrat, lui rappela-t-il avec dureté. Tu es le nouveau visage de *Sky*. Tu m'accompagneras, demain soir.

Holly ne pouvait guère refuser, ils en étaient bien conscients tous les deux.

— Où est mon fils ?

— La nursery est proche de ta chambre. Un peu plus loin sur la droite. J'imagine que tu as pris à gauche en sortant…

Elle se trouva stupide. Comment s'y prenait-il pour la ridiculiser ?

— Restons-en là, dit-il en baissant les yeux sur ses papiers. Bonne nuit.

Quand elle fut partie, Drago enfouit sa tête entre ses mains. Cette femme ne cessait de mettre sa vie sens dessus dessous ! Ce matin, pourtant, tout allait bien dans son univers. Etrangement, il s'était senti satisfait que Holly se trouve chez lui. Il avait eu envie de bavarder avec elle, de la regarder s'occuper du bébé.

Mon enfant. Mon propre fils, se dit-il, la gorge serrée.

Pendant le voyage en avion, il avait travaillé sans discontinuer, passé des coups de téléphone, lu des rapports… Tout lui avait été bon pour se changer les idées. Mais il n'avait eu qu'un désir : dire violemment ses quatre vérités à Holly.

Puis, il avait eu envie de lui arracher ses vêtements et de la prendre. Peu importait de quelle façon, pourvu qu'il possède cette femme.

Cela le mettait en rage. Comment pouvait-il désirer une femme qui lui avait caché l'existence de son fils pour décrocher un contrat ?

Elle avait eu de multiples occasions de lui dire la vérité, mais elle ne l'avait pas fait, et il était convaincu qu'elle n'en avait pas eu l'intention. Mais lorsqu'elle aurait eu besoin de fonds, après avoir dépensé son cachet, elle serait venue le trouver en tendant la main…

D'ailleurs, quand bien même il lui aurait accordé le bénéfice du doute, aurait-il pu lui pardonner le mensonge obstiné de toute une année ?

Elle prétendait avoir écrit et avoir tenté de lui téléphoner. Il n'était certes pas facile de le joindre, mais cela n'avait rien d'impossible. Et Holly connaissait son adresse, contrairement à la plupart des femmes avec lesquelles il était sorti.

S'il n'était jamais allé à La Nouvelle-Orléans, que se serait-il passé ? Serait-elle venue le voir un jour ?

Drago frémit. Lorsque sa mère l'avait conduit pour la première fois chez les Navarra pour obtenir de l'argent, il avait quatre ans. Il se rappelait encore la mine de son oncle quand ils s'étaient présentés à la villa : choc, colère, confusion. Puis sa mère s'était retirée avec Paolo dans son bureau, tandis qu'il était censé jouer dans le jardin.

En fait, il était resté dans le vestibule, et il avait entendu leurs éclats de voix. Il se souvenait d'avoir eu peur, et cru que tout cela était sa faute.

Jamais il ne permettrait que son fils vive de telles choses, comme s'il était une source de problèmes, comme s'il n'était qu'un objet de marchandage !

Il se leva, décidé à affirmer ses droits sur son enfant. Holly Craig s'était mise en travers de son chemin pendant trop longtemps. Il fallait que cette situation cesse. Soit il la posséderait totalement, soit il la renverrait une bonne fois pour toutes.

Holly, en retrait dans l'ombre à l'intérieur de la maison, à la lisière de la terrasse, écoutait la musique, les voix et les rires du dehors. Elle avait l'impression que son cœur allait éclater tant il battait fort.

Drago l'avait informée le matin même que la soirée aurait lieu dans sa villa. Elle s'était demandé comment elle pourrait tenir son rôle alors qu'elle ne possédait que des jeans et des tennis. Mais, peu après l'annonce de Drago, une grande femme élégante, accompagnée de trois assistantes, s'était présentée avec une sélection de robes, chaussures et bijoux. Deux heures plus tard, le choix était fixé sur une toilette, assortie de tous ses accessoires, y compris la lingerie fine.

Holly était maintenant parée de la longue robe blanche, fluide, sans manches, brodée de paillettes iridescentes. Elle n'avait jamais porté une toilette aussi belle et aussi onéreuse. Et elle se sentait si peu dans son élément qu'elle était dominée par la nervosité et la peur.

Après s'être habillée, elle avait humé le flacon de *Sky* que Drago lui avait fait parvenir, et su qu'elle ne porterait pas ce parfum : il ne lui correspondait pas. Alors, elle avait vaporisé sur elle un peu de *Colette*, puis avait quitté sa chambre, le cœur battant, pour descendre au rez-de-chaussée.

Elle avait cru que Drago l'attendrait au bas de l'escalier, mais il n'y avait personne. La réception se déroulait dans le jardin, par cette belle soirée toscane. Le soleil s'était effacé derrière l'horizon, mais le ciel restait baigné d'or, et le paysage de collines était peu à peu gagné par des ombres croissantes où se mêlaient le vert et le noir.

Holly ne se sentait pas à sa place. Elle avait envie de remonter, de rester blottie dans la nursery avec son fils. Mais elle ne pouvait pas battre en retraite. C'était pour Nicky qu'elle faisait cela… Pour assurer son avenir.

— Je n'aime guère la foule, moi non plus, dit une voix.

Elle se retourna avec vivacité et découvrit un homme qui ne se trouvait pas dans la pièce lorsqu'elle y était entrée. Il était grand, beau — moins que Drago, cependant —, et souriait. Il avança en tendant la main.

— Je ne crois pas que nous nous soyons déjà rencontrés, dit-il en anglais. Je suis Santo Lazzari.

Holly lui serra la main. Elle avait le trac. Santo Lazzari, de la Casa Lazzari, était un homme puissant. La Casa Lazzari proposait dans ses boutiques une sélection de parfums de couturiers pour accompagner ses vêtements et sacs.

— Holly Craig, dit-elle. Mais comment avez-vous su… ?

— … que vous n'étiez pas italienne ? acheva-t-il en riant. Ma chère, Drago ne parle que de vous. Vous êtes le nouveau visage de *Sky*.

Il la parcourut du regard, et elle rougit. Elle allait devoir s'accoutumer à ce genre d'accueil, même si elle avait l'impression d'être une mystificatrice.

— J'ai objecté à Drago que je n'étais pas mannequin professionnel, mais il semble convaincu que c'est moi qu'il veut.

Elle s'empourpra en mesurant ce qu'elle venait de dire, et se hâta d'ajouter :

— Pour la campagne publicitaire.

Santo rit de nouveau.

— Oui, Drago est ainsi fait.

Il s'approcha encore un peu et huma l'air autour d'elle.

— Est-ce le parfum ? J'avais une odeur différente à la mémoire…

— Euh… en fait, balbutia-t-elle, ce n'est pas *Sky*…

— Une nouvelle fragrance ? demanda vivement Santo. Drago n'en a pas parlé.

Holly se demanda si elle devait être franche ou changer de sujet. Pouvait-elle laisser passer une occasion pareille alors que Drago menaçait de lui prendre son bébé ? Parler de *Colette* à Santo Lazzari, c'était peut-être prendre une option pour l'avenir. Car Drago n'allait sûrement pas acheter son parfum, après ce qui s'était produit !

— C'est une création personnelle, avoua-t-elle.

— Vraiment ? demanda Santo, lui offrant son bras avec un intérêt soudain. Venez donc, chère Holly Craig… Dites-m'en un peu plus sur ce parfum, pendant que nous rejoignons les invités.

Holly eut une hésitation. Que penserait Drago si elle se joignait aux invités au bras d'un autre homme ?

La vérité s'imposa à elle sans ménagement et lui serra le cœur : il n'y attacherait aucune importance. Il la méprisait, à présent. Il penserait même qu'elle cherchait à jeter son dévolu sur un autre homme riche !

Elle sourit, acceptant le bras de Santo.

Drago, entouré d'un groupe de ses meilleurs clients, parlait de ses projets pour *Sky* lorsqu'un silence soudain se fit parmi les invités. Ses voisins regardèrent par-dessus son épaule, le regard brillant. Il se retourna pour voir ce qui accaparait leur attention…

Et resta stupéfait par la gracieuse apparition virginale qui avançait sur la terrasse, au bras de Santo Lazzari. Pendant quelques instants, il se demanda qui était cette femme. Il le savait, pourtant — dans son cœur, son corps et son âme.

Cette vision ne ressemblait pas à la Holly qu'il connaissait — et qu'il préférait, comprit-il avec un coup au cœur. La Holly qui venait d'apparaître était élégante et ravissante, avec ses cheveux blonds relevés en chignon révélant la grâce de son cou, et sa robe fourreau qui scintillait à la lumière des torches de la terrasse.

Drago eut un mouvement de colère en la voyant au bras de Santo Lazzari, le dévorant des yeux comme si elle n'avait jamais contemplé un être plus merveilleux.

Il voulut l'arracher aux bras de cet individu et la proclamer sienne. Pour que nul homme n'ose la toucher. Au lieu de quoi, il avança à grands pas vers le couple, en train de rire aux éclats. Holly adopta une attitude réservée dès qu'elle le vit, mais Santo n'accorda qu'un bref regard à Drago avant de déposer un baiser sur la main de Holly.

— *Grazie, bella mia*, dit-il. C'était un plaisir de bavarder avec vous.

— Un plaisir partagé, répondit-elle avec douceur.

Un plaisir dont elle ne le gratifiait jamais, constata Drago. Elle était aimable et attentionnée avec tout le monde, sauf avec lui. Cette pensée le tourmenta alors qu'il parvenait près d'elle et la prenait par la main.

— *Amore*, dit-il, je t'attendais.

— Et me voici, répondit-elle avec un sourire qu'il trouva factice.

Il contint sa rancœur, et la conduisit parmi les invités, auxquels il se fit un devoir de la présenter. Il veilla à ce qu'elle ait de quoi boire et se restaurer, et la garda à côté de lui. La plupart du temps, sa main fine était enfermée dans la sienne, et ses sens en étaient saturés de désir.

Dès qu'il put s'éclipser sans attirer l'attention, il l'entraîna dans son bureau, dont il referma la porte. Puis il se tourna vers elle. Elle était debout dans la pénombre, avec sa robe blanche iridescente qui piégeait les reflets lumineux du dehors. Il franchit la distance qui les séparait. Sa senteur se faufila jusqu'à lui et il se raidit, comprenant enfin ce qui n'avait cessé de l'intriguer depuis une heure.

— Tu ne portes pas *Sky.*

— Non.

— Pourquoi ?

— Parce que je fais tout ce que tu me demandes, sauf ça. Je le porterai la prochaine fois.

— Qui te dit qu'il y en aura une ?

— Rien, en effet, répondit-elle après quelques secondes.

— De quoi parlais-tu avec Santo ?

— D'un tas de choses. De toi, de la campagne publicitaire, du temps qu'il fait.

— Rien d'autre ?

— Qu'est-ce que ça peut te faire, Drago ? Tu ne t'intéresses à moi que comme ambassadrice de ton parfum.

— Tu es la mère de mon enfant.

— Parce que ça compte pour toi, maintenant ? Je croyais que j'étais un obstacle, un simple problème à régler.

La pertinence de ces mots le piqua au vif.

— Et je le réglerai, *cara mia.* Nicky est mon fils et mon héritier. Je ne te permettrai pas de me priver de lui, ni de l'utiliser pour avoir barre sur moi. Suis-je bien clair ?

— Tu es révoltant ! s'exclama-t-elle. Je suis navrée que tu aies eu à subir certaines épreuves, dans ton enfance, mais je ne suis pas ta mère, et je n'abandonnerai pas mon fils. Tu ne peux pas m'acheter. Je te combattrai jusqu'au bout, Drago, et je ne reculerai devant rien. Si tu m'y forces, je divulguerai tout sur le Net. J'alerterai les médias et je vous traînerai dans la boue, toi et Navarra Cosmetics.

Il fut envahi d'une fureur sourde, mais il éprouva aussi autre chose. De l'excitation. Il le comprit au frémissement de son corps, à la tension de ses nerfs à fleur de peau. Il avait envie de la toucher, de la pénétrer, de la sentir se cramponner à lui, s'enrouler autour de lui alors qu'il la faisait jouir, encore et encore…

Il se retint de céder à son propre vertige, à l'attrait de ce moment irréversible où il plaquerait sa bouche sur la sienne, où il n'aurait de cesse d'obtenir le reste de son corps.

— Essaie un peu, pour voir, lui dit-il. J'ai assez d'argent pour obtenir que tout ça soit effacé.

Un simple tweet selon lequel Drago Di Navarra était injuste envers une pauvre femme suffirait, certes, à lui causer beaucoup de tort. Mais il avait déjà affronté ce genre de situation et n'en avait pas peur.

— C'est ta façon d'opérer, je parie ! lui lança-t-elle. Tu achètes les gens. Tu les menaces, tu ordonnes, et on t'obéit. Eh bien, ça ne vaut pas pour moi, Drago. Et sois sûr que je te traînerai devant les tribunaux, s'il le faut !

Il aurait ri s'il n'avait été aussi furieux. Elle n'avait aucune idée du pouvoir qu'il détenait. Il pouvait l'embourber dans une série de procédures jusqu'à ce qu'elle n'ait plus les moyens de tenir. Même si elle gagnait, il ne lui resterait plus un centime, une fois qu'elle aurait payé les avocats.

Soudain, il fut las de se battre avec elle — et avec lui-même — alors que tout ce qu'il voulait, c'était la posséder. S'emparer sauvagement d'elle. Pourquoi continuer à résister à son désir ?

Il allongea le bras et l'attira à lui, si bien que leurs corps se trouvèrent l'un contre l'autre ; il posa ses doigts là où l'échancrure plongeante de la robe dénudait son dos, et les sentit frémir comme si un courant électrique les animait.

— Le chaton sort ses griffes, murmura-t-il.

Elle renversa la tête en arrière, quêtant son regard. Son membre réagit, butant contre le tissu de son pantalon, et il sut, en voyant la dilatation de ses yeux, qu'elle avait senti son érection. Elle n'essaya pas de s'écarter, et il jubila. Elle avait crispé les doigts sur sa chemise, et ses yeux brûlaient de fièvre sensuelle.

Il ne s'était pas trompé. Elle le désirait. Eperdument.

— Je ne suis pas un chaton, Drago, dit-elle en fixant sa bouche. Je parle sérieusement.

— Je sais, dit-il en la plaquant contre son sexe.

Elle eut un soupir étranglé. Puis elle remua les hanches. C'était un geste à peine ébauché, mais il sut qu'elle était perdue — aussi perdue que lui, aussi impuissante à lutter contre ce qui les aimantait.

— Je te déteste, gémit-elle alors qu'il la soulevait pour se frotter contre le cœur de sa féminité.

— C'est ça, *bella mia*, tu me hais…

— Ce n'est pas normal, je ne devrais pas ressentir ça, pas après toutes les choses que tu as dites…

Il ne l'aurait pas dû non plus. Mais il inclina pourtant la tête, faisant courir ses lèvres sur son cou.

— Ne pense pas, dit-il. Ressens, c'est tout… Abandonne-toi à ce que nous éprouvons…

11.

Une voix souffla à Holly qu'elle devait tout arrêter, repousser Drago et lui faire comprendre qu'elle ne faisait pas partie de ses possessions. Mais comment l'aurait-elle pu alors que c'était faux ? Elle était sienne. Complètement. Elle voulait sentir sa chaleur et sa force, se perdre en lui…

Drago promena sa bouche le long de sa joue, vint mordiller le lobe de son oreille, et un trouble intime, une pulsation fiévreuse l'enflammèrent. Sans perdre une seconde, Drago s'attaqua à la fermeture Eclair de sa robe et la descendit avec lenteur, jusqu'à ce que le corsage s'entrebâille. Quand il dégrafa le soutien-gorge, libérant ses seins, elle ramena instinctivement ses mains devant elle.

— Il y a des gens dehors… Tes invités vont s'apercevoir que nous sommes partis.

— Mais ils ne nous chercheront pas, *bella mia*. Ils ont à leur disposition les meilleurs mets et les meilleurs vins, et ils vont continuer à se restaurer, à bavarder et à écouter les musiciens. Nous serons tranquilles.

Holly se sentit délicieusement immorale, debout dans le bureau, dénudée jusqu'à la taille, tandis que les échos de la musique et des voix leur parvenaient du jardin. Drago lui écarta les mains, les remplaçant par ses propres paumes, qui se refermèrent sur ses seins.

— Ravissants, dit-il. Et si tentants…

Il inclina alors la tête et happa entre ses lèvres la pointe d'un sein, puis la titilla à coups de langue et de légères morsures. Elle l'agrippa par les cheveux. Il y avait si longtemps qu'elle n'avait eu droit à ces caresses…

— Drago, balbutia-t-elle, je ne crois pas que…

— Si, coupa-t-il.

Il se mit à sucer les extrémités de ses seins. La tête renversée en arrière, elle ferma les yeux. Il la rendait folle… Elle n'aurait pas dû s'abandonner ainsi, succomber au pouvoir sensuel qu'il détenait sur elle. Mais il y avait si longtemps qu'elle en était privée, et elle s'était sentie si seule !

S'il la désirait à ce point, s'il pouvait aussi peu se dominer, peut-être leur relation avait-elle une chance. Peut-être pouvaient-ils surmonter leurs divergences et être de bons parents, pour l'amour de leur fils.

Les caresses de Drago coupèrent court à ses pensées, et elle se laissa aller à la volupté qui l'envahissait. Elle aurait bien le temps de penser à l'avenir plus tard.

— Je veux te toucher, murmura-t-elle.

— Alors, touche-moi.

Elle lui enleva sa veste de smoking, tira la chemise hors de son pantalon et faufila ses mains sous le tissu pour caresser son torse lisse et chaud, puis pincer les mamelons entre le pouce et l'index. Il laissa échapper un gémissement rauque avant de s'écarter d'elle et d'arracher sa chemise. Malgré elle, elle se laissa aller à admirer son torse superbe.

— Est-ce que tu as envie de moi, Holly ? demanda-t-il.

Elle hocha la tête en silence.

— Alors, viens.

Incapable de résister, elle vint se blottir contre lui. Lorsque leurs peaux se touchèrent, un soupir de plaisir lui échappa. Levant les yeux, elle fut remuée de voir son regard embrasé de désir. Comme elle avait envie qu'il l'embrasse… Il était étrange, d'ailleurs, de penser qu'elle n'avait pas encore eu droit à un baiser. Se hissant sur la pointe des pieds, elle voulut aller à la rencontre de ses lèvres. Mais il les laissa glisser au creux de son cou…

La fièvre les gagna aussitôt, rapide et brûlante. Drago fit glisser sa robe à terre, et elle le débarrassa fébrilement de son pantalon. Lorsqu'elle enroula sa main autour de son sexe dur et chaud, le grondement qu'il émit lui donna une audace qu'elle n'avait jamais eue. Se laissant tomber à genoux, elle le fit glisser dans sa bouche et le taquina de sa langue…

Drago laissa échapper une imprécation sourde. Au moment où elle releva la tête, elle vit qu'il avait les yeux clos, la mâchoire crispée par l'intensité du plaisir. Il ne la laissa pas continuer son exploration comme elle le désirait, mais la releva et l'attira à lui, les doigts enfoncés dans sa chevelure. Cette fois, enfin, sa bouche se referma sur la sienne…

Un instant plus tard, presque nus, ils avaient basculé sur le bureau et échangeaient des caresses ardentes. La bouche de Drago dévorait sa peau. Le contact de son sexe contre son intimité éveillait en elle des sensations délectables. Mais cela ne suffisait pas. Glissant les mains vers ses hanches, elle tenta de l'attirer en elle…

Mais il ne la laissa pas faire et continua à la caresser, visitant les replis de sa féminité, explorant la chair moite et lui arrachant des gémissements de plaisir.

— Tu es si prête, *cara*… , dit-il avec un rire grave et sensuel. Patience… Il y a des choses qui valent la peine d'attendre…

— Il y a un an que j'attends, répondit-elle avec passion.

Elle vit son regard s'obscurcir, mais elle sut qu'il n'était pas en colère. Au contraire, il était sur le point de basculer, de perdre le contrôle de lui-même. Il était aussi passionné et avide qu'elle, mais ne voulait pas l'admettre. Drago Di Navarra était habitué à tout maîtriser. Prendre le temps, cela signifiait gouverner son désir, être au-dessus du commun des mortels, ne pas être livré aux émotions brutes.

Mais Holly voulait qu'il perde tout contrôle ! Elle ne savait pas pourquoi, mais elle refusait qu'il règle leur échange selon sa volonté. Elle voulait que ce soit aussi violent, sauvage et chaotique pour lui que ça l'était pour elle.

Elle se redressa et, une fois encore, emprisonna son sexe, si chaud, si dur, dans sa main.

— Je t'en prie, Drago…, dit-elle, surprise par la note de désespoir qui perçait dans sa propre voix. Je t'en prie…

Elle crut pendant quelques secondes qu'il allait ignorer sa requête. Il se contenta de l'embrasser, sa bouche épousant la sienne avec douceur, de façon si parfaite qu'elle noua les bras autour de son cou. C'était un baiser bien plus torride que tous ceux qu'il lui avait octroyés, un baiser profond et absolu, auquel elle se livra comme si elle lui était destinée depuis toujours.

Puis il la pénétra, avec une sûreté et une lenteur exquises. Elle haleta, submergée par une sensation de plénitude qu'elle ne se rappelait pas aussi intense.

Drago gémit en s'enfonçant en elle.

— Regarde-moi, *bella*…

Rouvrant les yeux, elle fut confrontée à l'intensité brûlante de son regard. Elle en eut un coup au cœur. Il était si ardent, si beau… Et en cet instant au moins, il lui appartenait.

— Tu m'enflammes, Holly. Tu me…

Quoi qu'il ait voulu dire, la phrase resta en suspens tandis qu'il fermait les yeux, se retirant presque complètement avant de s'enfoncer de nouveau en elle avec une vigueur décuplée.

Elle avait oublié à quel point c'était fabuleux, incroyable, entre eux. Drago la prenait, encore et encore… La tension monta en elle, sans cesse croissante, jusqu'à ce que, enfin, elle ait la sensation d'être précipitée dans l'espace…

Son corps frémit et vibra alors qu'elle criait de plaisir. Ses sens exacerbés captèrent la senteur de leur échange passionné, où se mêlaient les parfums des fleurs du jardin et une infinité d'autres odeurs… Mais, surtout, elle était infiniment sensible au corps de Drago. Il était chaud, dur, vibrant et, en cet instant, il la possédait tout entière.

Un long moment plus tard, alors que les dernières vagues de volupté s'estompaient, il s'écarta d'elle et l'aida à se redresser, avant de l'appuyer contre lui.

— Je t'emmène, Holly. Dans mon lit. Une objection ?

— Pas la moindre, répondit-elle avec un petit rire comblé.

Drago eut un large sourire.

— Voilà qui fait plaisir à entendre. Je te promets que cela en vaudra la peine, *amore mio.*

Drago se réveilla juste avant l'aube. Quelque chose semblait changé, et il lui fallut un instant dans la pénombre pour comprendre de quoi il s'agissait. Il était heureux.

Il fronça les sourcils. Il n'aurait pas dû l'être. Pas du tout, même. Il aurait dû être fou de rage contre la femme qui dormait près de lui. Il lui en avait violemment voulu. Puis il s'était perdu en elle et, depuis, ce n'était plus pareil. Il n'arrivait plus à faire resurgir la colère qu'il avait éprouvée. Il ne lui restait à présent que de la douleur, de la tristesse et du désir. Un océan de désir.

Dio, quelle nuit ils avaient passée ! Il se sentait exténué, complètement repu. Il ne se souvenait pas d'avoir été aussi éreinté après l'amour. Sauf, peut-être, la première fois, avec elle…

Il rabattit les couvertures et se leva en douceur pour ne pas réveiller Holly, qui dormait sur le côté, le corps pelotonné. Réprimant un élan de désir, il attrapa sur une chaise le jean dont il s'était débarrassé avant de mettre son smoking et l'enfila. Il ignorait quand la soirée s'était terminée, à quel moment le dernier invité s'en était allé. Mais il était sûr qu'ils avaient tous passé un bon moment, en dépit de son absence.

Quittant la chambre, il gagna la nursery, qui se trouvait à quelques pas dans le couloir. Il avait d'abord envisagé d'installer Holly et son bébé dans une autre aile de la propriété — avant de découvrir la vérité sur la naissance de l'enfant.

Ce bébé était donc son fils, et il ne savait pas au juste ce que cela signifiait pour lui — sinon que c'était important. Il entra et avança jusqu'au berceau. Le petit garçon dormait sur le dos, les yeux fermés, le souffle régulier.

Drago le contempla, un tourbillon de sentiments prenant possession de son être. C'était là sa chair et son sang. Il le voyait, maintenant. A ses cheveux bruns, à la forme de sa bouche, à ses cils étonnamment longs. Cet enfant avait tous les traits distinctifs des Di Navarra.

Envahi par des sentiments primitifs, il eut envie de prendre le bébé dans ses bras et de le serrer contre lui, mais il ne voulait pas le réveiller alors qu'il dormait si paisiblement.

Il continua à regarder le petit garçon, et pensa à sa propre mère. Lui était-il arrivé de le contempler dans son sommeil et d'éprouver l'émotion et l'instinct protecteur qui l'envahissaient en ce moment ? Sans doute pas. Ce qui l'étonnait, c'était qu'il puisse éprouver ce genre de sentiments. Il ne connaissait pas ce bébé, pas vraiment, et pourtant, il savait qu'il ne permettrait jamais qu'on lui fasse du mal. Jamais.

Des larmes lui picotèrent les yeux, ce qui le stupéfia. Il les essuya et s'attarda encore près de Nicky, si beau et si parfait.

Quand il se détourna pour quitter la pièce, il demeura saisi. Holly était sur le seuil, ses cheveux en désordre sur ses épaules. Elle lui avait emprunté une chemise, et elle avait les jambes nues. Elle était si fraîche et si jolie, si ingénue et sensuelle à la fois !

Quelque chose d'obscur lui étreignit la poitrine. Il eut envie de l'attirer contre lui pour la serrer très fort. Mais il ne céda pas à son élan.

— Comment va-t-il ? murmura-t-elle.

— Il dort.

Elle s'approcha et contempla son fils, sourire aux lèvres.

Drago eut très envie de l'embrasser. De la posséder, et de posséder aussi ce sourire.

— Il est adorable, dit-elle avec douceur. Un petit bébé bien sage…

Elle leva alors les yeux vers lui, et la tristesse de son regard lui serra le cœur. Il était surpris de constater qu'elle avait à ce point le pouvoir de l'affecter. Et qu'il avait tellement envie de la protéger, et de protéger leur bébé.

Lui qui n'avait jamais éprouvé de sentiments possessifs envers quiconque…

Quelques jours plus tôt, il lui avait ordonné de s'en aller. De prendre l'argent qu'il lui donnerait et de partir. Mais à présent, il ne pouvait plus imaginer de la laisser partir. Il ne voulait pas qu'elle s'en aille. Et l'idée qu'elle puisse le faire l'effrayait carrément.

Sans doute ce qu'il éprouvait avait-il transparu sur son visage, car elle lui effleura la joue en disant :

— Ne t'inquiète pas. Tu seras bien, avec lui. Il t'adorera.

— Je suis sûr que tu es dans le vrai, dit-il, remué jusqu'au fond de son être.

Elle l'enlaça et posa sa tête contre son torse.

— Tu verras. Tout sera parfait.

Il avait très envie d'y croire. Mais il avait appris, longtemps auparavant, que rien n'était jamais parfait.

12.

Holly soupira, levant les yeux de son travail. La vie avec Drago se déroulait de façon délectable, depuis quinze jours.

Les journées étaient infiniment agréables : elle jouait avec Nicky, lisait, composait des parfums. Drago lui avait fourni ce dont elle avait besoin. La plupart du temps, il travaillait à la maison. Mais, parfois, un hélicoptère l'emmenait à son bureau de Rome. Il lui manquait, alors. Car, lorsqu'il était là, il venait souvent la rejoindre au milieu de l'après-midi.

Il l'entraînait à l'écart, derrière la première porte venue, et ils faisaient l'amour. C'était follement érotique, ces ébats emportés, où il devait lui museler la bouche d'une main pour étouffer ses cris de plaisir. Il y avait aussi d'autres moments, merveilleux, où il lui faisait l'amour dans leur chambre tandis que la vie, ailleurs, suivait son cours. Elle aimait ces heures où ils pouvaient se croire seuls au monde.

Elle adorait aussi, bien sûr, les instants où Drago jouait avec Nicky. Au début, il s'était montré nerveux, hésitant. A présent, il était à son aise. Et Nicky l'adorait, il riait chaque fois que son père le soulevait dans ses bras et le faisait « voler » à travers la pièce comme s'il était un oiseau. Elle riait aussi, ravie de leur complicité.

Cependant, malgré son existence idyllique, elle n'était pas délivrée de tout souci. Qu'allait-il se passer, maintenant ? Elle n'en avait aucune idée, et cette ignorance l'inquiétait. Il y avait des sujets qu'elle n'osait aborder, malgré le courage dont elle se promettait de faire preuve. Et le futur en faisait partie.

La campagne publicitaire pour *Sky* ayant été retardée, elle se consacrait à ses parfums. Elle testa la dernière mouture de *Colette*, et la trouva parfaite. Elle avait donné des flacons aux caméristes, et même à la cuisinière — qui en avait manifesté le désir. Plusieurs membres du personnel portaient maintenant sa fragrance.

Drago l'avait sans doute remarqué, puisque elle-même portait *Colette*. C'était un parfum floral qui comportait des essences de lavande, verveine, vanille, et d'autres ingrédients secrets qu'elle n'aurait révélés à personne. Mais il était unique, et seyait à la plupart des femmes, quelle que fût leur peau.

Elle huma l'échantillon, les yeux clos. Cela lui rappela sa grand-mère, les fleurs opulentes de son jardin, la délicieuse soupe aux poissons de Louisiane qu'elle préparait. Sa grand-mère lui manquait tant ! Une larme roula sur sa joue, et elle la chassa nerveusement. Elle était heureuse, à présent. Heureuse. Elle avait un adorable bébé et un homme qu'elle aimait…

Holly se figea. Comment pouvait-elle aimer Drago ? Ce qu'il y avait entre eux était torride, envoûtant. Explosif, aussi. Et chaotique. Mais cela n'avait rien d'émotionnel. C'était du sexe, rien d'autre. Quand ce serait terminé, elle pourrait s'en aller sans regret…

Une douleur vive la traversa à cette pensée. Pour elle, c'était donc d'émotion qu'il s'agissait ! A l'idée de quitter Drago, de ne plus faire partie de sa vie, elle avait l'impression d'une amputation. Elle ne pouvait pas, ne voulait pas imaginer la vie sans lui.

Cela ne signifiait pas pour autant qu'il s'agissait d'amour. Il était le père de son fils, et il était inévitable qu'elle ait de la tendresse pour lui, d'autant qu'ils vivaient ensemble et qu'il adorait Nicky. Malgré l'enfance qu'il avait connue, il manifestait tant d'amour envers son petit garçon…

Mais qu'éprouvait-il pour elle ?

— Holly…

Elle se retourna au son de sa voix, le cœur battant, en essuyant la larme qui s'attardait sur sa joue.

— Qu'est-ce qui ne va pas ? demanda-t-il en venant près d'elle, si inquiet qu'elle en fut remuée.

— Je pensais à ma grand-mère, répondit-elle d'une voix rauque.

Il cueillit une autre larme sur sa joue, du bout du pouce.

— Je suis navré que tu l'aies perdue, Holly.

— C'est la vie, n'est-ce pas ?

Il la souleva et la pressa contre lui, entre ses bras. Elle se laissa aller contre son torse, humant sa senteur avec délice.

— C'est la vie, mais ça fait quand même mal.

Ils restèrent un moment enlacés, puis elle leva les yeux vers lui, souriant à travers ses larmes.

— Je vais bien, Drago. Mais parfois, elle me manque.

Il l'emmena s'asseoir sur la terrasse, à l'ombre d'une tonnelle de vigne, dont les lourdes grappes attendaient d'être cueillies.

— Parle-moi d'elle, lui ordonna-t-il.

Elle aurait ri de son ton impérieux, si elle n'avait été si touchée par sa sollicitude.

— Elle m'a élevée, je te l'ai déjà dit. Je n'ai jamais connu mon père, et ma mère est morte quand j'étais toute jeune. Mon grand-père était décédé plusieurs années avant, et dans notre petit cottage, il y avait juste ma grand-mère et moi. Elle faisait pousser un tas de choses, Drago. Des légumes, des herbes, des fleurs… On vivait bien, on préparait des essences. J'ai eu une enfance merveilleuse.

— Puis elle est morte, et tu n'as pas pu garder sa maison.

Elle hocha la tête.

— Quand elle a eu son cancer, elle a dû emprunter en hypothéquant la maison. Elle n'avait pas le choix. J'étais sûre qu'une fois qu'elle serait guérie, on trouverait le moyen de rembourser l'argent.

Holly marqua un arrêt, laissant échapper un soupir étranglé.

— Mais elle n'a pas guéri, et je n'ai pas trouvé de moyen. Après ses obsèques, il ne restait presque rien. Le cottage a été racheté. J'espère que le couple qui y vit l'aime autant que je l'aimais.

— J'en doute, dit Drago, qui lui caressait la main du bout du pouce. Mais ils doivent l'aimer à leur manière.

— Oui, murmura-t-elle, la gorge nouée par l'émotion. Il est impossible de ne pas apprécier sa beauté.

Une domestique apparut, leur demandant s'ils aimeraient boire quelque chose. Drago la pria d'apporter du vin et de l'eau fraîche. Il la suivit du regard quand elle s'éloigna, laissant des effluves de *Colette* dans son sillage.

— Ne t'imagine pas que je n'ai pas remarqué que tout le monde, ici, sent comme toi, fit-il remarquer avec douceur.

— Je m'en doutais. Tu es fâché ?

Il eut un petit rire.

— Le personnel n'est pas obligé de porter les produits Navarra, *cara*. J'imagine qu'il s'agit de ton *Colette* ?

— Oui, confirma Holly avec un élan de joie. Grand-mère et moi l'avons créé ensemble.

— Je crois qu'il me plaît. Il est frais, pas envahissant… Floral sans être écœurant.

— Tout à fait. Et il s'adapte à toutes, quelle que soit la chimie corporelle de celle qui le porte. Il est différent sur chacune, et en même temps, il ne varie pas, si on peut dire.

De nouveau, Drago se mit à rire.

— Tu parles à un homme qui entend vanter chaque jour les choses les plus variées. Il arrive que ça tienne debout. Ou que ce soient des sornettes.

— Et là, ce sont des sornettes ?

— Peut-être pas, lâcha-t-il, méditatif. Mais il me faudrait davantage d'informations, poursuivit-il en enveloppant Holly d'un regard éloquent. Il me faudrait une démonstration complète, en privé, mademoiselle Craig.

Elle cligna de l'œil.

— Je crois pouvoir arranger ça…

*
* *

Quand Holly se réveilla, le lendemain, Drago était parti. Allongée dans le lit, elle songea aux semaines écoulées. Elle était heureuse. Mais elle avait également peur.

Drago ne parlait jamais de l'avenir. Elle n'avait aucune idée de ce qu'elle représentait pour lui. Bien sûr, ils étaient amants, et elle était la mère de son fils. Mais qu'est-ce que cela signifiait pour lui, en dehors du moment présent ? Il semblait avoir besoin d'elle et, pourtant, il ne prononçait jamais de mots tendres et n'envisageait jamais leur avenir.

Elle était sous contrat avec Navarra Cosmetics à condition que les tests photos soient satisfaisants. Jusqu'ici, il n'y avait pas eu de tests. Drago avait dit qu'il fallait du temps pour mettre en place ce qu'il voulait, et qu'elle ne devait pas s'inquiéter. Mais elle ne pouvait s'empêcher de se faire du souci.

Quand il se montrait attentif à la consoler, comme la veille, elle se demandait s'il éprouvait des sentiments pour elle. Ou s'il était seulement poli.

Il avait dit vouloir des informations sur *Colette*. Mais lorsqu'ils s'étaient retrouvés seuls, le parfum avait été la dernière de ses préoccupations. Il l'avait dévêtue et lui avait donné un plaisir inouï. Ensuite, alors qu'ils étaient allongés côte à côte, il l'avait enlacée, puis s'était endormi. Il ne lui avait pas reparlé du parfum.

Elle s'était trouvée ridicule d'être déçue, surtout après ce qu'ils venaient de vivre. Mais ce sentiment avait été plus fort qu'elle. Elle désirait qu'on la prenne au sérieux. Et Drago, lui, ne songeait qu'à faire l'amour…

Elle était heureuse de leur entente sur ce plan. Mais elle voulait autre chose. Elle voulait qu'il envisage d'aller au-delà d'une simple relation sexuelle. Elle voulait savoir ce qui se passerait une fois que son contrat avec Navarra Cosmetics aurait pris fin. Ou ce qui se passerait s'il n'aimait pas les tests et qu'elle devait renoncer à la campagne publicitaire…

Il savait bien qu'elle ne se séparerait jamais de Nicky. Mais se souciait-il vraiment de ce qu'elle lui avait dit à ce sujet ? Il pouvait lui disputer la garde de leur fils. Il pouvait même gagner.

Il a tant d'argent et de pouvoir ! se répétait-elle, le cœur serré.

Elle se leva, prit sa douche et s'habilla d'un jean et d'un T-shirt. Puis elle partit à la recherche de Sylvia et de Nicky, qu'elle trouva dans le jardin. Son bébé était à l'ombre, sur une couverture, et jouait pendant que Sylvia lisait. Quand il la vit, il jeta son jouet et se mit à babiller avec excitation, en tendant les mains. Holly le souleva dans ses bras.

— Bonjour, mon trésor, dit-elle en lui faisant des câlins.

Elle salua chaleureusement Sylvia, même si elle ne s'était pas encore faite à l'idée de lui confier Nicky. Cela lui donnait l'impression qu'on la dépossédait de son fils. Elle savait que c'était ridicule, mais, depuis la mort de sa grand-mère, elle s'était sentie si seule, privée de toute famille… Il y avait eu Gabi, bien sûr, mais ce n'était pas pareil. Ce petit garçon était tout son univers. Elle l'aimait à la folie, et ne supporterait jamais de le perdre.

Elle passa avec Sylvia et lui le reste de la matinée. Puis, quand Nicky fut couché pour sa sieste, elle gagna son atelier pour travailler à la composition d'un nouveau parfum. Les odeurs de cerise et de raisin du jardin, mêlées à celles de l'herbe et de la terre, avaient stimulé son inspiration.

A un moment de l'après-midi, une domestique vint lui annoncer une visite inattendue : Santo Lazzari demandait à la voir. Elle n'avait guère pensé à lui depuis deux semaines, à vrai dire. Mais elle n'avait aucune raison de lui refuser une entrevue. Il savait qu'elle était la nouvelle ambassadrice de *Sky*, et il était l'associé d'affaires de Drago. Elle alla donc l'accueillir.

***

Drago, assis dans son bureau à Rome, essayait de se concentrer sur un rapport financier, mais il n'y parvenait pas. Il repensait sans cesse à Holly, à ce qu'ils ressentaient et partageaient quand ils faisaient l'amour.

Elle lui donnait envie d'être un homme meilleur — d'essayer d'ouvrir son cœur et de se fier à quelqu'un. Il n'avait jamais fait confiance à personne. Dès son enfance, il avait appris qu'il ne pouvait compter que sur lui-même, et non sur la mère qui aurait dû s'occuper de lui. Il n'avait jamais eu la liberté des autres enfants — cette liberté de jouer, de s'amuser sans avoir à songer à sa survie, à s'interroger sur sa place dans le monde.

Il avait aussi toujours représenté, pour les autres, la possibilité de gagner de l'argent. Et sa fortune poussait les autres à se servir de lui.

Holly, elle, avait eu son enfant. Mais elle n'avait pas essayé de lui soutirer de l'argent. Elle ne l'avait pas menacé d'un procès en paternité, ni de vendre son histoire aux journaux à scandale s'il ne payait pas. Elle n'avait jamais tenté d'utiliser Nicky pour lui extorquer quoi que ce soit.

Elle lui avait caché la naissance de son fils, cependant. Et elle avait continué à lui cacher cette paternité tandis qu'elle négociait avec lui. Elle affirmait avoir voulu assurer l'avenir de son bébé, et avoir eu peur d'être jetée dehors.

Il devait avouer qu'elle avait eu de bonnes raisons de croire qu'il agirait ainsi. Il n'avait pas digéré sa déloyauté, la première fois. En fait, il avait réagi d'une façon tout à fait inhabituelle : aveuglément, en se laissant dominer par ses émotions. Au lieu de l'écouter, de lui opposer un refus poli, il l'avait mise à la porte.

Elle l'avait pris au dépourvu, et il s'était laissé surprendre par ses propres affects. Elle lui avait rappelé brutalement ce qu'on éprouvait quand on avait le sentiment de n'être rien. Et il l'avait détestée de lui rappeler ce sentiment.

Aujourd'hui, où en était-il ?

Drago soupira. Là était précisément le problème : il l'ignorait. Il savait seulement que, depuis qu'il couchait avec elle, il éprouvait du soulagement et de la joie — sentiments qui lui avaient été étrangers pendant si longtemps. Ce qui était plutôt saugrenu, vu qu'elle lui avait menti ! Mais peut-être était-il las de vivre dans le soupçon, et de laisser le passé lui dicter son avenir.

Il avait un enfant, à présent. Un merveilleux, un adorable petit garçon. Et il voulait que cet enfant possède ce dont il avait manqué : un foyer stable, un père, de l'amour. Holly aimait Nicky. Et lui aussi aimait Nicky. Ne devaient-ils pas œuvrer ensemble pour donner à leur fils tout le bonheur qu'ils pouvaient ?

Leur relation n'avait pas connu le meilleur des départs, mais ils pouvaient se rattraper. Il suffisait, pour cela, qu'il décide de tenter sa chance.

Drago réfléchit encore longuement, soupesant les diverses options. Et il finit par prendre sa décision. Il passa alors plusieurs coups de fil. Quand il rentrerait chez lui, ce soir, il accomplirait un premier pas vers l'avenir.

13.

Holly se sentait tout excitée. Santo Lazzari voulait qu'elle crée un parfum pour la Casa Lazzari. Il voulait acheter *Colette*. C'était la réalisation de son rêve ! De tout ce qu'elle avait espéré quand elle avait mélangé des essences avec sa grand-mère !

Sa joie était pourtant teintée de tristesse. Elle avait souhaité que ce soit Drago qui achète *Colette*. Que ce soit lui qui se prenne à rêver de développements possibles, fasse l'éloge de son talent, ébauche une campagne publicitaire… Mais il ne semblait pas le moins du monde intéressé.

A présent, elle se trouvait dans son atelier et attendait qu'il revienne de Rome. Elle avait demandé à Santo un délai de réflexion jusqu'au lendemain. En réalité, elle désirait connaître l'avis de Drago. Voulait-il de *Colette* ? Ou n'y avait-il aucun espoir de ce côté-là ?

Lorsqu'elle entendit enfin le bruit des rotors de l'hélicoptère, elle sortit, le cœur battant, pour aller à sa rencontre. Il s'éloignait de l'aire d'atterrissage, en costume et mocassins sur mesure, une mallette au bout du bras, l'air perdu dans ses pensées.

Elle le fixa longuement, émue par sa beauté. Santo Lazzari avait un physique avantageux, et il avait un peu flirté avec elle. Mais il l'avait laissée de marbre. Alors que Drago, lui, la troublait profondément, quoi qu'il fasse. Elle vibrait en sa présence. Elle se sentait comme consumée de l'intérieur.

Enfin, il la vit. Aussitôt son visage prit un air grave. A quoi pensait-il donc ?

— Holly…, dit-il en arrivant près d'elle.

Puis, sans lui laisser le temps de poser la question qui lui brûlait les lèvres, il laissa tomber sa mallette et la serra dans ses bras, l'embrassant avec passion.

— J'ai quelque chose pour toi, dit-il lorsqu'il releva la tête.

— Je crois savoir ce que c'est, affirma-t-elle d'un ton taquin, même si son cœur battait à se rompre.

Il eut un petit rire.

— Ça m'étonnerait.

Plongeant la main dans sa poche, il en sortit un petit écrin de velours.

— Qu'est-ce que c'est ? demanda-t-elle, la gorge nouée par l'émotion.

Personne ne lui avait jamais offert de bijou, et surtout pas dans un écrin.

— Ouvre.

Elle se sentit prise de vertige.

— Je ne crois pas que j'y arriverai, murmura-t-elle.

— Alors, je le ferai pour toi, proposa Drago, soulevant le couvercle de l'écrin.

La bague était, à n'en pas douter, une bague de fiançailles. En son cœur, un diamant d'au moins trois carats était entouré d'autres diamants, qui exaltaient l'éclat de la pierre centrale et étincelaient avec elle.

— Epouse-moi, Holly. Nous offrirons un foyer à Nicky, et un jour, il héritera de tout ceci.

Les larmes aux yeux, elle murmura :

— Je ne sais pas quoi dire…

Il hésita, comme s'il n'avait pas anticipé cette réaction.

— Dis oui, Holly.

Elle avait envie d'accepter. Désespérément envie ! Mais elle ne pouvait pas le faire avant d'avoir posé une question. Drago ne lui avait jamais laissé entrevoir ses sentiments réels, et elle avait besoin de savoir.

— Est-ce que tu m'aimes, Drago ?

Il déglutit, puis répondit :

— Je tiens à toi.

A ces mots, elle sentit son cœur se briser. Il était peut-être stupide de sa part d'être triste ou déçue. Et il était prématuré d'exiger davantage. Drago lui proposait le mariage. Il offrait à Nicky un toit, une famille. Elle savait que c'était quelque chose d'essentiel, pour lui qui n'avait pas eu de foyer stable avant son adolescence.

C'était un début. Que demander d'autre ? Pourtant, elle était plus blessée que réconfortée par sa proposition. Elle voulait davantage. Elle voulait qu'il éprouve la même chose qu'elle. Qu'il ait l'impression, comme elle, qu'il exploserait à force de contenir toutes ces émotions, ces sentiments brûlants qui la soulevaient. Et elle voulait qu'il s'intéresse à ce qui comptait pour elle.

— Santo Lazzari veut acheter *Colette*, lâcha-t-elle dans un murmure, incapable d'exprimer tous les sentiments qui l'agitaient.

Elle ne pouvait pas jeter son cœur dans la balance : elle était trop sûre qu'il ne partageait pas ses sentiments.

Drago changea aussitôt d'expression. Elle vit les émotions qui défilaient sur ses traits, et sut qu'elle avait commis un impair. L'incrédulité, la souffrance et, pour finir, la fureur se succédèrent sur son visage. Il referma l'écrin d'un coup sec qui la fit tressaillir.

— Qu'est-ce que Lazzari vient faire là-dedans, Holly ? Quel rapport avec ce que je te demande ? Espères-tu une meilleure offre de sa part ?

— Quoi ? s'exclama-t-elle, choquée. Non ! Mais tu as dit que tu tenais à moi, et c'est une chose qui me tient à cœur. Et tu n'en as pas reparlé, alors que j'attendais que…

L'expression de Drago devint encore plus sombre, encore plus orageuse. Si c'était possible.

— Tu t'imagines que tu me feras acheter ton parfum en mentionnant Lazzari ? demanda-t-il, brandissant son poing refermé sur l'écrin, crispé au point que ses jointures en devenaient blanches. Ce que je t'offre dépasse tous tes rêves : argent, position, pouvoir. Et tu te soucies encore de tes insignifiants petits parfums ?

Insignifiants petits parfums... Ces mots la blessèrent comme autant de coups de poignard. Il considérait donc ses rêves comme dérisoires. Pire, il pensait qu'elle était mue par l'ambition, non par la joie de créer et l'amour.

S'il pensait ainsi, c'était qu'il ne la connaissait vraiment pas. Et pourtant, ils venaient de passer quinze jours ensemble. Cela faisait encore plus mal qu'elle ne l'aurait cru.

Elle se détourna, les larmes aux yeux, et se mit à courir à l'aveuglette à travers la terrasse.

— Où vas-tu ? lança Drago. Holly ! Holly !

Mais elle continua sans se détourner, sans ralentir, se précipitant vers sa chambre. Où, enfin, elle pourrait s'enfermer et pleurer tout son soûl sur ce qu'elle avait perdu, sur ce qu'elle n'aurait jamais.

Drago rentra à Rome, s'enferma dans son appartement, sortit de sa poche l'écrin en velours, et eut envie de se mettre à hurler de frustration.

Une fois encore, il s'était trompé. Il avait cru que Holly voulait de lui pour compagnon, qu'elle aspirait à une vie commune. Mais elle ne cherchait qu'à lui vendre son parfum, et elle n'avait pas hésité, dans ce but, à se servir de Santo Lazzari. Elle voulait aussi qu'il avoue son amour pour elle. Comme si cela allait changer quoi que ce soit !...

De l'amour ! Dio, mais il fallait être fou pour aimer !

Drago ne comprenait pas l'amour. Il ne comprenait pas qu'on puisse lâcher prise au point d'éprouver un tel sentiment. L'amour était une émotion dangereuse, qui vous rendait terriblement instable. En aimant quelqu'un, on lui livrait les clés de son âme. Et donc le moyen de vous détruire.

Pendant des années, il avait aimé sa mère, et qu'en

avait-il retiré ? De la souffrance. Il lui avait fallu du temps pour surmonter son sentiment d'abandon, et il n'était pas disposé le moins du monde à renouveler l'expérience.

Santo Lazzari... *Cristo !* Il enrageait de voir que Holly l'avait trahi, qu'elle s'adressait à Santo plutôt qu'à lui. Pourquoi ne lui avait-elle pas demandé ce qu'il pensait, tout simplement, au lieu d'agir dans son dos ?

Parce qu'elle ne lui faisait pas confiance, tout simplement. Voilà pourquoi.

Il fut agité par des émotions brûlantes, eut envie de frapper, de donner des coups pour se défouler. Il se dirigea vers le bar à liqueurs et se versa un whisky d'une main tremblante. Pourquoi n'était-il pas assez bien pour elle ?

Il avait passé son enfance à se poser la question.

Mais Holly n'était pas sa mère. Et elle n'était sûrement pas allée trouver Santo. Il se rappela que celui-ci l'avait accompagnée sur la terrasse, quinze jours plus tôt. Il avait pu l'interroger, à ce moment-là, sur le parfum qu'elle portait. Et elle avait sûrement répondu. Au demeurant, quelle importance ?

En toute franchise, il devait admettre qu'il ne s'était pas particulièrement intéressé à ses créations, même s'il l'avait vue travailler dur, même s'il avait senti ses fragrances et lu ses notes. C'était une professionnelle. Et douée. Mais il ne le lui avait jamais dit. *Pourquoi donc ?*

Plongé dans la pénombre de son appartement romain, il se sentit plus seul qu'il ne l'avait été de toute sa vie. Que faisait-il donc ici ? Pourquoi n'était-il pas dans sa villa, auprès de son merveilleux fils ? Et de Holly ?

Un froid glacial lui étreignit le cœur. Avait-il tout détruit cette fois ? Etait-il allé trop loin ? Il essaya d'imaginer sa vie sans Holly, et un vide affreux l'envahit.

Pour une raison ou une autre, elle était devenue terriblement importante à ses yeux. Elle comptait plus que tout. S'il devait être privé d'elle, retrouverait-il un jour le goût de rire ?

Quel imbécile ! Il n'était qu'un pauvre fou aveugle, mû

par des événements qui remontaient à plus de vingt ans, et qui en oubliait de vivre. Au fond de lui, il était toujours perdu, seul et effrayé. Et il attendait qu'on le trahisse. Il s'attendait à la trahison, il la recherchait, il s'en délectait quand elle surgissait. Parce qu'elle était censée être son lot.

Mais s'il n'en était pas ainsi ? Si Holly était bien ce qu'elle paraissait être ? Une femme impulsive et confiante, qui avait appris à survivre et à se débrouiller seule après s'être retrouvée enceinte ?

Drago se détourna de la fenêtre, envahi par la panique. Quel idiot ! Personne ne l'avait dupé. A l'exception de lui-même.

Holly se réveilla au milieu de la nuit, les yeux gonflés, la gorge douloureuse, et sut qu'elle devait partir. Elle ne pouvait pas être l'égérie de *Sky*. Elle ne pouvait pas conquérir l'amour de Drago. Elle veillerait à ce qu'il voie son fils, mais, pour le moment, Nicky était à elle, et elle ne quitterait pas cette villa sans lui.

Elle s'habilla dans le noir, fourra quelques affaires dans un sac, puis alla chercher son bébé. Elle réussit à l'installer dans son couffin sans le réveiller, puis se faufila dans l'escalier, jusque dans le vestibule, où elle s'arrêta, ne sachant que faire. Plusieurs jeux de clés se trouvaient dans une boîte, sur la table d'entrée. Elle prit le trousseau de la BMW, et se rendit dans le garage.

Il lui fallut près de trois quarts d'heure pour trouver, grâce au GPS, la gare la plus proche et la rejoindre. Elle aurait pu se rendre à l'aéroport, mais il lui semblait préférable, pour le moment, de prendre un train pour Rome, d'appeler Santo Lazzari afin d'arranger un rendez-vous au sujet de *Colette*, puis de prendre un billet d'avion pour la Louisiane. Si elle parvenait à obtenir une avance, tout irait bien. Elle avait un peu d'argent, mais cela ne la mènerait pas loin.

Quand elle eut son billet pour Rome, elle examina les panneaux d'affichage, s'efforçant de trouver le bon quai. Elle tombait de sommeil. Nicky dormait trop profondément pour se réveiller, mais elle prépara néanmoins un biberon. Une fois à bord, elle trouva une place proche de la vitre et s'y appuya, somnolant à demi alors que le train s'ébranlait. Elle se sentait si triste qu'elle préférait tenter de mettre tous ses sentiments de côté. Comment allait-elle pouvoir reprendre la vie qu'elle avait quittée ? Comment allait-elle pouvoir oublier Drago ?

La dernière fois, elle n'était pas éprise de lui. Ou peut-être l'avait-elle été, mais il lui avait paru plus facile de se convaincre du contraire. Cette fois, le deuil était bien plus profond. Elle regrettait tout ce qui ne pourrait jamais être.

Ils se reverraient, bien sûr, à cause de Nicky. Mais il serait nécessaire qu'elle trouve le moyen de survivre à ces instants qu'il lui faudrait passer avec Drago pour l'amour de leur fils.

Le train eut un à-coup, puis commença à ralentir, et s'arrêta avant qu'ils ne soient tout à fait sortis de la gare. Les passagers ne semblèrent pas s'en alarmer. Mais Holly sentit son pouls s'accélérer. Elle tenait à être loin avant que Drago ne découvre son départ. Elle pensait en avoir le temps, car il était retourné à Rome la veille. Mais elle restait nerveuse.

Des éclats de voix et une certaine effervescence à l'arrière l'alertèrent. Elle se retourna pour voir ce qui se passait, comme les autres passagers. Elle crut alors que son cœur allait s'arrêter de battre. Elle avait aperçu le visage de Drago, dur et déterminé. Tremblante, elle prit son sac, sortit dans la travée avec le couffin, et entreprit de descendre. Alors qu'elle était à mi-chemin, quelqu'un cria son nom.

Elle se retourna pour affronter Drago. Plus d'échappatoire, à présent.

— Va-t'en ! lui lança-t-elle.

Il avait un regard farouche tandis qu'il avançait dans le wagon. Les autres passagers les observaient avec curiosité, leurs regards allant de l'un à l'autre.

— Holly, je t'en prie, dit-il en tendant la main vers elle.

Elle vit qu'il tremblait.

Décidément, il jouait bien la comédie ! Mais cette fois, elle ne se laisserait pas prendre à son petit jeu.

— Arrête, lui dit-elle froidement. Tu fais du cinéma pour que ces gens ne te prennent pas pour un monstre sans cœur… Mais toi et moi savons à quoi nous en tenir, non ?

Il parut désorienté.

— Ce n'est pas vrai, répondit-il, tout en tâchant, sans succès, de sourire. D'ailleurs, qu'est-ce que ça peut me faire, ce que les autres pensent ?

Il marquait un point, mais elle ne voulut pas en tenir compte. Sans quoi elle s'effondrerait. Alors qu'elle devait être forte. Pour son bébé et pour elle-même.

— Tu ne t'intéresses à personne, lui lança-t-elle.

— Je m'intéresse à toi, affirma-t-il en faisant un pas.

— Non, c'est faux, soutint-elle, gagnée par un sentiment de panique. Tu dis ça parce que j'ai tenté de partir. Eh bien, tu ne peux pas me forcer à rester, Drago ! Je ne t'empêcherai pas de faire partie de la vie de ton fils, mais je ne resterai pas ici, et je ne te permettrai pas de détruire ma vie.

— Je ne veux pas la détruire, Holly. Je veux la rendre meilleure.

Elle lâcha un rire amer.

— En m'enfermant dans une cage dorée, peut-être ? En me refusant ta confiance ? En dénigrant mes rêves et mes centres d'intérêt ? En me répétant que je ne serai jamais assez bien pour quelqu'un comme toi ?

Il eut une expression désolée.

— Tu es trop bien pour moi, Holly. C'est moi qui ne te mérite pas.

Sa colère la déserta d'un seul coup, et la confusion

s'engouffra en elle. Elle aurait aimé le croire, mais comment l'aurait-elle pu ?

— C'est une ruse, hein ?

Il secoua la tête, et elle vit enfin l'homme solitaire et perdu qu'il était au fond de lui.

— Il n'y a pas de ruse. Je suis un idiot, Holly. J'ai tellement besoin de toi, et ça me fait si peur…

Elle l'examina pendant un instant, scrutant son visage. Son cœur battant la chamade.

— Je pense qu'il dit la vérité, glissa une femme proche — une jolie femme aux yeux humides de larmes. C'est de l'*amore, signorina.*

Holly eut un coup au cœur.

— Drago, est-ce vrai ? Ou est-ce un piège pour me ramener et me prendre notre fils ?

Il resta un moment immobile, puis émit un soupir douloureux.

— J'ignore ce qu'est l'amour, Holly. J'aimais ma mère, je le sais. Et pourtant, elle n'avait pas l'air de se soucier de moi. Elle m'a quitté comme si je n'étais rien pour elle. L'amour… Et si j'étais incapable d'aimer ? Et si je ne pouvais pas être aimé ?

— Tu peux être aimé, murmura-t-elle, la gorge nouée.

— Qu'en sais-tu ? demanda-t-il avec un regard empreint de souffrance.

Elle sentit rouler une larme sur sa joue, puis une autre. Comment pouvait-elle le laisser penser une telle chose, alors qu'elle était la preuve du contraire ?

— Parce que je t'aime.

Elle avait eu du mal à prononcer ces mots, mais une fois qu'ils furent sortis, elle en fut heureuse.

Avant qu'elle n'ait le temps de comprendre ce qui lui arrivait, elle était dans les bras de Drago. Et il les étreignait, elle et leur enfant, enfouissant son visage au creux de son cou.

— Si l'amour, c'est cette impression que je mourrais

sans toi, murmura-t-il à son oreille, alors oui, je t'aime. Si tu me quittes, je serai plus seul que je ne l'ai jamais été.

Holly pleurait, à présent. Les passagers, eux, applaudirent spontanément.

— Je veux rester avec toi, Drago. Mais j'ai peur. Tu m'as fait si mal. J'ai peur.

— Je sais, reconnut-il, l'étreignant toujours. J'ai été stupide. Je veux que tu rentres à la maison, et que tu m'épouses. Et je veux aussi *Colette*, et tous les parfums que tu désireras créer pour moi. Je veux que tu sois heureuse, que tu fasses ce que tu aimes, et je te demande pardon d'avoir dit que c'était insignifiant. Rien de ce que tu fais ne l'est. En fait… j'avais peur.

Holly s'écarta de lui et posa sur sa joue une main caressante.

— Je t'aime, Drago. Et tu ne peux rien contre ça. Cela n'a rien à voir avec ton argent et ta fichue entreprise. Même si tu étais sans le sou, je t'aimerais.

Il essuya les larmes qu'elle ne cherchait pas à cacher. Lui-même avait les yeux humides, même s'il tentait de le faire oublier avec un large sourire.

— Un bien beau discours, vu que je pèse la bagatelle de quatre-vingts milliards de dollars. Ce n'est pas difficile d'aimer un homme riche, *amore mio*.

Cette fois, elle rit franchement.

— Peut-être ! Sauf lorsque l'homme riche, c'est toi. Tu te rends compte que tu es une vraie calamité, j'espère ! Il serait plus facile d'aimer un cactus.

— Toi et ta langue bien pendue ! commenta-t-il en riant à son tour — d'un rire encore incertain qui la remua. S'il te plaît, Holly, épouse-moi. Rentre à la maison avec notre fils, et permets-moi de passer avec toi le reste de ma vie pour que je me fasse pardonner ma stupidité.

— Oui, dit-elle simplement.

C'était dans les bras de cet homme qu'elle se sentait heureuse.

— Alors, laisse-moi agir dans les règles.

Avec un tendre sourire, il tira un écrin de sa poche, et mit un genou à terre.

— Epouse-moi, Holly Craig. Apporte-moi le bonheur. Taquine-moi, exaspère-moi, et ne renonce jamais à moi.

Comme si elle avait pu vouloir autre chose, alors que Drago Di Navarra se tenait à genoux devant elle !

— Affaire conclue, répondit-elle avec douceur.

Drago lui passa alors la bague au doigt. Puis il se releva et l'embrassa, au beau milieu du wagon, sous les vivats des passagers ravis.

Drago leva les yeux des photos qu'il examinait dans son bureau, et vit sa femme, superbe dans sa robe toute simple.

— Je ne t'avais pas entendue entrer, dit-il.

Elle s'approcha de lui pour regarder par-dessus son épaule et émit un soupir.

— Tu es vraiment sûr ?

— Evidemment. Tu es la plus sublime égérie qui ait jamais figuré sur une publicité.

— La terre entière va penser que tu déraillles, objecta Holly.

Drago l'enlaça en se tournant vers elle.

— Tu es idéale pour cette campagne, insista-t-il. Très belle, mais abordable. Les femmes vont se ruer sur ce parfum.

Elle lui ébouriffa les cheveux.

— Je pense qu'elles vont faire un succès encore plus grand à *Colette*.

— Ça se pourrait, concéda-t-il en riant. Nous verrons, quand on le lancera au printemps.

Holly se glissa sur ses genoux, et il la serra contre lui. Comment donc avait-il pu vivre sans elle ?

— Oh ! je ne crains rien, assura-t-elle. En revanche, je ne pourrai pas travailler dans ton laboratoire de parfums comme prévu.

Il la dévisagea, choqué par cette annonce.

— Mais tu y tenais ! Tu m'as prouvé que tu étais la meilleure, et je comptais sur ta présence dans l'équipe…

— Eh bien, je ne vais pas disparaître, et tu peux toujours compter sur moi. Mais dans un labo, j'aurai du mal, avec toutes ces odeurs. A la maison, je pourrai travailler quand je me sentirai bien.

— Je ne te comprends pas, murmura Drago, dérouté.

Elle l'embrassa sur le bout du nez.

— Oh ! mon pauvre chéri ! Evidemment, pour toi, c'est incompréhensible… Les odeurs, vois-tu, ce sera difficile à supporter pour une femme dans ma condition.

Tout à coup, il comprit.

— Tu es enceinte ?

— Oui, répondit-elle en souriant jusqu'aux oreilles.

Incapable de prononcer un mot, Drago la serra plus fort contre lui. Soudain inquiet, il s'écarta en demandant :

— Pardon, je n'ai pas serré trop fort ?

— Bien sûr que non, dit-elle en lui rendant son étreinte.

Ils rirent en chœur.

— Au fait, j'avais presque oublié, reprit Drago en ouvrant un tiroir. Je viens juste de recevoir ça. Je voulais te faire la surprise.

Holly prit le document qu'il lui tendait. Des larmes jaillirent de ses jolis yeux bleus alors qu'elle en prenait connaissance.

— La maison de grand-mère…, murmura-t-elle.

— Ta maison, corrigea Drago, très ému.

— Notre maison, rectifia-t-elle à son tour. Oh ! Drago ! Merci de tout cœur !

— Je ferais tout pour toi, Holly, déclara-t-il en l'embrassant avec douceur.

Elle comblait sa vie. Elle, et Nicky. Et ce nouveau bébé, qu'il soit fille ou garçon. Drago avait le cœur débordant tandis qu'il embrassait de nouveau sa femme. La vie était belle, et le serait toujours. Il en était intimement convaincu.

L'ENFANT D'UNE NUIT D'ÉTÉ*, Mira Lyn Kelly* • *N°3568*

A la minute où Jeff Norton entre dans le bar où elle travaille, Darcy sait que cet homme ne peut lui apporter que des ennuis. Il est trop beau, trop charismatique, trop… envoûtant. Et pourtant, elle se laisse séduire. Pour une nuit, une seule, elle décide de s'abandonner à la passion entre ses bras. Une nuit après laquelle elle prend la fuite sans un mot, déterminée à ne jamais revoir cet homme qui n'a eu qu'à apparaître pour éveiller en elle des sentiments si dangereux. Hélas, quelques semaines plus tard, elle n'a plus le choix. Pour le bien de l'enfant qu'elle porte, elle va devoir revoir Jeff et lui annoncer la nouvelle qui a bouleversé sa vie...

UNE TEMPÉTUEUSE PASSION*, Lindsay Armstrong* • *N°3569*

Depuis sa rencontre houleuse avec Damyen Wyatt, deux mois plus tôt, Harriet ne cesse de songer à lui, à son regard envoûtant, à son corps d'athlète. Mais aujourd'hui, elle doit absolument faire taire ces pensées importunes, pour convaincre ce riche collectionneur qu'elle est l'expert de l'art qu'il recherche. En effet, elle a désespérément besoin de ce poste qui lui permettrait de démarrer une nouvelle vie dans cette région reculée de l'est de l'Australie où elle s'est installée pour offrir les meilleurs soins possible à son frère victime d'un grave accident. Mais comment gagner la confiance de Damyen quand sa simple présence lui fait perdre tous ses moyens ?

LA TENTATION D'ALESSANDRO MORETTI*, Cathy Williams* • *N°3570*

Ce visage délicat, cette silhouette sensuelle… Alessandro Moretti ne peut retenir un tressaillement. Jamais il n'aurait imaginé revoir un jour Chase Evans. La seule femme qu'il ait jamais aimée… et celle qui l'a trahi de la pire des façons. Huit ans plus tôt, n'a-t-elle pas tout mis en œuvre pour le séduire avant de lui avouer qu'elle était mariée à un autre homme ? Et voilà qu'elle est face à lui, à sa merci : lui seul peut sauver le foyer pour jeunes filles auquel elle semble si attachée – si on en croit l'acharnement qu'elle met à empêcher sa fermeture. Alors, puisque le destin lui offre une occasion de se venger, Alessandro compte bien en profiter, tout en assouvissant – enfin – le désir fou que Chase lui a toujours inspiré !

SÉDUCTION GRECQUE*, Maya Blake* • *N°3571*

Le cœur battant mais plus résolue que jamais, Perla franchit les quelques mètres qui la séparent du bureau d'Arion Pantelides. Cet homme a beau avoir toutes les raisons de la mépriser – ne s'est-elle pas abandonnée à la passion dans ses bras, trois mois plus tôt, alors qu'il n'était pour elle qu'un parfait inconnu ? – elle ne compte pas se laisser intimider par le regard glacial qu'il pose sur elle. Si elle est là aujourd'hui, c'est uniquement pour parler affaires. Car c'est hélas de cet homme, qu'elle s'était juré de ne jamais revoir, que dépend son avenir...

LE DÉFI D'UNE HÉRITIÈRE, Jennifer Hayward • N°3572

- Trois héritiers à aimer - 3ème partie

« La reine des glaces. » Quinn Davis sait bien comment on la surnomme dès qu'elle a le dos tourné. Et franchement, après l'échec de son mariage avec un homme violent et manipulateur, c'est le cadet de ses soucis. Aujourd'hui, seuls comptent pour elle son travail et le succès de la chaîne d'hôtels dont son père vient de lui confier la gestion. Aussi, c'est avec la plus grande méfiance qu'elle accepte de collaborer avec Matteo De Campo, le vice-président des vins De Campo. Car au trouble puissant qui l'envahit chaque fois qu'elle se trouve en sa présence, elle devine que Matteo a le pouvoir de la blesser plus qu'aucun autre avant lui...

LA MAÎTRESSE DU SULTAN, Sharon Kendrick • N°3573

- Les secrets du désert - 3ème partie

Depuis qu'elle a rencontré Murat, Catrin mène une vie faite de rendez-vous chez le coiffeur, de shopping chez les plus grands créateurs et de dîners mondains… N'est-ce pas ce qu'on attend de la maîtresse d'un sultan ? Hélas, si cette situation lui a d'abord convenu, elle a, chaque jour qui passe, un peu plus l'impression de se perdre. Aussi, quand elle apprend que son amant est sur le point d'en épouser une autre, elle comprend qu'elle doit agir. Blessée et humiliée, Catrin décide de mettre un terme à cette relation dévastatrice. Avant que Murat ne la persuade de passer un dernier week-end avec lui...

PIÉGÉE PAR LE PRINCE, Lynn Raye Harris • N°3574

- La couronne de Kyr - 1ère partie

En apprenant que son père, le roi de Kyr, se meurt, Kadir sent son sang se glacer. Le vieil homme, brouillé avec le frère aîné de Kadir, va à n'en pas douter vouloir lui confier son trône. Or Kadir n'a jamais eu l'intention de régner. Pire, l'idée même lui est insupportable. Pour échapper à son destin, il n'entrevoit qu'une solution : entacher son nom d'un terrible scandale en épousant Emily, sa fidèle assistante. Américaine, issue d'une famille modeste, elle est tout à fait inappropriée à un homme de son rang… Un plan parfait. Certes. Sauf qu'il n'avait pas prévu que cette femme qu'il pensait pourtant connaître mieux que quiconque éveillerait bientôt en lui un désir fou...

A paraître le 1er janvier

Best-Sellers n°627 • suspense

Mystère en eaux profondes - Heather Graham

Un luxueux cargo englouti depuis plus d'un siècle au fond du lac Michigan. A son bord, un somptueux trésor : le sarcophage sacré d'un grand prêtre égyptien…

Les malédictions, l'agent Kate Sokolov n'y croit pas. Alors, quand on la charge d'enquêter sur une série de meurtres ayant tous un lien avec l'épave du Jerry McGuen – un galion échoué dans les eaux glaciales du lac Michigan – et qui seraient, selon la rumeur, l'œuvre d'un fantôme, elle se fait la promesse de mettre un terme aux agissements du tueur au plus vite. Elle qui possède le don si particulier de communiquer avec les morts, est en effet bien placée pour savoir que ces assassinats n'ont en aucun cas été commis par un revenant. Un avis partagé par Will Chan, un expert du FBI qu'on lui a assigné comme partenaire sur cette affaire et qui trouble Kate au plus haut point. Car, en plus de faire preuve à son égard d'une horripilante arrogance, il lui révèle bientôt avoir le même don qu'elle…

Best-Sellers n°628 • suspense

La marque écarlate - Virna DePaul

L'embaumeur. Carrie s'est fait la promesse d'arrêter ce psychopathe qui, depuis deux ans, embaume le corps de jeunes femmes encore vivantes et envoie des photos de son œuvre à la police, comme s'il s'agissait de trophées. Si elle veut avant tout empêcher le meurtrier de frapper de nouveau, pour Carrie, l'enjeu est aussi personnel. C'est son premier cas de tueur en série, et l'occasion qu'elle attendait de faire ses preuves dans l'univers si masculin de la brigade spéciale d'investigation de San Francisco. Même si cela signifie aussi, hélas, qu'elle va devoir travailler avec l'agent Jase Tyler. Un homme qu'elle a toutes les raisons de détester – n'a-t-il pas émis des doutes sur sa capacité à diriger l'enquête ? – mais dont la seule présence éveille en elle un désir profond, brut et incontrôlable...

Best-Sellers n°629 • suspense

Au cœur de la vengeance - B. J. Daniels

Ginny, la petite sœur qu'il adorait, gisant morte dans un fossé…

Depuis onze ans, Rylan West est hanté par cette image terrible, insoutenable. Et, depuis onze ans, il n'a qu'une obsession : tuer Carson Grant, l'homme qui – il en est persuadé – est l'assassin de sa sœur. Aujourd'hui, enfin, il tient sa vengeance. Car Carson vient de refaire surface à Beartooth, le petit village ancré au cœur du Montana où ils ont grandi…

Mais c'est alors que Destry Grant, la jeune fille fougueuse et terriblement attachante dont il était fou amoureux avant le drame, lui apprend, bouleversée, qu'une nouvelle preuve vient d'être découverte. Il faut la croire, répète-t-elle, quand elle affirme que son frère est innocent. Et, si Rylan accepte son aide, elle est prête à reprendre l'enquête avec lui pour découvrir qui est vraiment le meurtrier de Ginny…

Best-Sellers n°630 • érotique
Le secret - Megan Hart
Les regards lourds de désir d'un inconnu dans un bar, les caresses fiévreuses échangées à la hâte, le plaisir vite pris, et vite oublié… Jusqu'où Elle Kavanagh est-elle prête à se perdre ?
Pour fuir son passé et son terrible secret, Elle Kavanagh s'est jetée à corps perdu dans des aventures sans lendemain, multipliant les rencontres furtives et dénuées de sentiments avec des inconnus qu'elle ne revoit jamais. Mais l'irruption de Dan Stewart dans sa vie va tout changer. Pour la première fois, un homme qui lui plaît pourtant de manière insensée refuse le corps qu'elle lui offre. Et lui annonce qu'il ne couchera avec elle que si elle accepte de le revoir. Même si ce n'est que pour du sexe…

Best-Sellers n°631 • historique
Conquise par un gentleman - Kasey Michaels

Londres, 1816
Depuis qu'elle a appris la mort de son fiancé à Waterloo, Lydia pensait qu'elle ne pourrait plus jamais aimer. Son grand amour était tombé au champ d'honneur, et tous ses espoirs avec lui. Recluse dans la demeure familiale d'Ashurst Hall, elle mène depuis ce drame une existence paisible, égayée par le prévenant Tanner, le meilleur ami de son défunt fiancé, qui a juré de veiller sur elle. Mais contre toute attente — et surtout contre toute morale — elle sent monter un trouble de plus en plus fort pour ce confident si attentif, et si séduisant. Se pourrait-il qu'elle nourrisse des sentiments à l'égard d'un homme qui était comme un frère pour son fiancé ? N'est-ce pas une trahison envers la mémoire de ce dernier ? Et Tanner, est-ce seulement par devoir qu'il lui accorde tous ces moments d'intimité, qui les rapprochent au fil des jours ? Elle doit absolument réprimer ses émotions, Lydia le sait : même si son désir était partagé, rien ne pourrait arriver entre eux. Car Tanner est fiancé à une autre...

Best-Sellers n°632 • thriller
L'automne meurtrier - Andrea Ellison
Par une sombre soirée d'octobre, le lieutenant Taylor Jackson est appelée sur plusieurs scènes de crime dans un quartier chic de Nashville. Sur place, elle découvre les corps sans vie de sept adolescents, marqués de symboles occultes. Une vision d'horreur qui obsède Taylor, partagée entre colère et angoisse à l'idée que le tueur puisse frapper de nouveau. Elle doit agir vite, très vite. Mais aussi avec prudence, car le meurtrier est manifestement aussi incontrôlable qu'imprévisible. Or, Taylor a beau se concentrer de toutes ses forces sur le peu d'indices dont elle dispose – les dessins mystiques laissés sur les corps des victimes –, l'enquête piétine.
Déterminée, elle plonge alors dans les ténèbres de cette affaire macabre. Au risque de voir son équilibre menacé, malgré le soutien que lui apporte Jack Baldwin, le brillant profileur du FBI avec qui elle est fiancée. Car c'est le prix à payer pour comprendre comment un être machiavélique, animé d'une rage débridée, en arrive à commettre de telles atrocités. Et, pour trouver le tueur, elle devra d'abord s'en approcher…

Composé et édité par HARLEQUIN

Achevé d'imprimer en janvier 2015

BLACK PRINT

Barcelone

Dépôt légal : février 2015

Pour l'éditeur, le principe est d'utiliser des papiers composés de fibres naturelles, renouvelables, recyclables, et fabriquées à partir de bois issus de forêts qui adoptent un système d'aménagement durable. En outre, l'éditeur attend de ses fournisseurs de papier qu'ils s'inscrivent dans une démarche de certification environnementale reconnue.

Imprimé en Espagne